Das Rätsel der VARUS-SCHLACHT

瓦卢斯战役之谜

DAS RÄTSEL DER
VARUSSCHLACHT
Archäologen auf der Spur der verlorenen Legionen

瓦卢斯战役之谜

［德］沃尔夫冈·科恩 —— 文
［德］克劳斯·恩西卡特 —— 图
霍晶晶 —— 译

图书在版编目（CIP）数据

瓦卢斯战役之谜 /（德）沃尔夫冈·科恩文；（德）克劳斯·恩西卡特图；霍晶晶译. -- 南昌：江西人民出版社, 2018.3

ISBN 978-7-210-09954-3

Ⅰ.①瓦… Ⅱ.①沃… ②克… ③霍… Ⅲ.①长篇历史小说—德国—现代 Ⅳ.①I516.45

中国版本图书馆CIP数据核字(2017)第289097号

Original title:
Author: Wolfgang Korn
Illustrator: Klaus Ensikat
Title: Das Rätsel der Varusschlacht. Archäologen auf der Spur der verlorenen Legionen
Copyright © 2015 Gerstenberg Verlag, Hildesheim
Chinese Language edition arranged through HERCULES Business & Culture GambH, Germany
Simplified Chinese edition copyright © 2017 Ginkgo (Beijing) Book Co., Ltd.
All rights reserved.

本书中文简体版权归属于银杏树下（北京）图书有限责任公司。
版权登记号：14-2017-0528

瓦卢斯战役之谜

著者：[德]沃尔夫冈·科恩 文　[德]克劳斯·恩西卡特 图　译者：霍晶晶
责任编辑：冯雪松　钱浩　特约编辑：史文轩　筹划出版：银杏树下
出版统筹：吴兴元　编辑统筹：张鹏　营销推广：ONEBOOK　装帧制造：墨白空间·张静涵
出版发行：江西人民出版社　印刷：北京盛通印刷股份有限公司
720毫米×1030毫米　1/16　12印张　字数140千字
2018年3月第1版　2018年3月第1次印刷
ISBN 978-7-210-09954-3
定价：88.00元
赣版权登字01-2017-935

后浪出版咨询（北京）有限责任公司常年法律顾问：北京大成律师事务所
周天晖 copyright@hinabook.com
未经许可，不得以任何方式复制或抄袭本书部分或全部内容
版权所有，侵权必究
如有质量问题，请寄回印厂调换。联系电话：010-64010019

目 录

序　言　奥古斯都大帝究竟有多生气？………………… 2
在本章节中，我们来看看为什么历史学家和考古学家有时会争论不休。

第一章　恺撒痛击高卢人………………………… 12
在本章节中，我们将探讨为什么我们在今天知道这么多关于罗马人、凯尔特人和日耳曼人的事。

第二章　皇帝来到莱茵河边！………………… 34
在本章节中，我们将探讨为什么罗马人对欧洲北部这么感兴趣。

第三章　向日耳曼尼亚蛮荒地区远征……………… 52
在本章节中，我们将探讨：什么是真正的"日耳曼人"？

第四章　瓦卢斯，日耳曼尼亚行省总督还是无国之王？… 76
在本章节中，我们将看看：罗马人和日耳曼人在公元元年前后相处得怎么样。

第五章　在舍鲁斯克人领地发生了什么？………… 98
在本章节中，我们将继续探究，为什么人们历经长达百年的寻找得出了700种理论，却没有找到任何一个战场。

第六章　寻找真正的地点………………………… 116
在本章节中，我们将继续追问，为什么在100年或者200年前还没有人研究卡尔克里泽的战场？

第七章　考古学家如何侦察一片古战场？……… 136
在本章节中，我们将提出这个问题：当时是一场瓦卢斯战役还是多场瓦卢斯战役？

第八章　从复仇战到巨大的壕沟……………… 156
在本章节中，我们将提出这个问题：罗马帝国的界墙到底有多结实？

终　章　瓦卢斯战役之谜已经解开了吗？………… 178
在本章节中，我们将再次提问：还有可能存在着另一场战役吗？

序 言

奥古斯都大帝究竟有多生气?

在本章节中,我们来看看为什么历史学家和考古学家有时会争论不休。

　　公元9年，罗马。一个信使急急忙忙穿过皇宫，给奥古斯都带来了一个令人震惊的消息：日耳曼人已经消灭了三个军团。然后，一件可怕的礼物又被递呈给了皇帝，已死的日耳曼尼亚行省总督瓦卢斯的头颅。

　　自那以后，奥古斯都就像一个梦游者一样在他那巨大的皇宫里游荡。他茶饭不思，他不再洗漱，他辗转难眠，他任由胡子杂乱生长。他还一再地用脑袋撞宫殿的墙。同时，仆人们还听到他嘶声悲叹道："瓦卢斯，瓦卢斯！把我的军团还给我！"这样持续了很久，直到皇后觉得厌烦了并劝奥古斯都道："现在不也挺好的！"

　　关于瓦卢斯战役的故事和轶事都讲得非常详细。在书籍和杂志中可以读到这些内容，在电视节目中，也有演员穿着华丽的戏服来模仿表演这些场景。

　　"等一下！"考古学家们在那儿喊道，"皇帝的胡子有多长？在2000年之后的我们从何了解得如此细致？毕竟没有记者借着时光机器回到那些事儿发生的地方。那我们是从哪里得到我们的信息的？"

　　"不要激动，"历史学家们回答道，"我们只是讲讲罗马的历史编纂者们在他们的作品里所写的东西。""但这就是问题所在,"考古学家们说道,"报道这些事的全是罗马人!离这场战役发生的时间越久,他们知道的细节越多。这怎么可能呢?举个例子吧,塔西佗就从来没有踏上过日耳曼尼亚的土地一步。"一场围绕着瓦卢斯战役展开的争论就开始了。

为什么历史学家和考古学家会争吵起来呢?这就和两个孩子分一个桶时发生的事情一样。历史学家和考古学家也会这么吵起来,是因为他们必须要分享同一个研究对象:人类的过去,主要是古希腊罗马时期及其文化(从公元前500年到公元500年),当然也包括在那之前及之后的时间。因为他们在用截然不同的方法来处理完全不同的证据,所以他们常常得到不同的结果。那么这两种类型的研究者的工作方式究竟有什么区别呢?

典型的历史学家:一个热爱读书的收集者

在步行街上几乎看不见历史学家的身影,他们主要待在档案室和图书馆里——越大、越古老的越好。因为历史学家是热爱读书的收集者。他关注、研究一切文字形式的原始材料:编年史和历史著作、信件和日记,还有铭文、证书和钱币。

以文字形式呈现的原始资料的唯一优点就是,它们使伟大的人物和重要的事件得以流传下来。如果没有它们,我们根本不会知道特洛伊战争、亚历山大大帝和瓦卢斯战役。当然,历史学家最喜欢的还是历史著作——他想知道的都可以在书中找到:谁曾统治哪片土地、谁在哪场战争中获得胜利、谁下令建造了哪座城池和庙宇。希腊人就已经开始书写记录他们的历史。希腊人希罗多德也因此被尊称为

序 言 奥古斯都大帝究竟有多生气？

"历史之父"。

但是，对罗马人来说，把自己的故事写成书简直变成了一种风潮。恺撒自己就编纂了一本书来讲述他领导的一场征战——《高卢战记》（*De Bello Gallio*），奥古斯都则留下了一本记述着他的"丰功伟绩"的编年史册：《行述》（*Res gestae*）。学者卡西乌斯·狄奥甚至写了80本罗马历史相关的著作。并非所有这些书籍都能够保留至今，但至少关于瓦卢斯战役的那一部分流传了下来。

由此，我们也已经了解到了文字史料的一大局限：历史著作实际上仅仅是由一个派别的人写成的，大多数情况下是胜利者那一派。在古希腊罗马时期，通常是罗马人较占有优势——凯尔特人和日耳曼人则没有历史编纂。

即便他们曾有过一部历史著作，这部著作也早就被罗马人销毁了。从古埃及法老的例子中我们就能够推测出这一点：他们将竞争者的名字从神庙铭文中抹去了。拉美西斯二世则更加大胆，他篡改了他与赫梯人之间的第一次战役的故事，并命人将这些弥天大谎雕凿在了神庙的墙壁上。

因此，历史学家所说的"史源学考证"是十分重要的。他会在研究古书、文献、铭文，甚至钱币时提出下列问题：谁写了这些？他为什么要写下这些？这个作者可信吗？有没有其他的史料来源可以证实这些所写的内容？

批判性地看待古老的文献，也就是说，不要仅仅因为它是在某个时期由某个人写成的，就完全相信其内容。这也意味着需要不断地考虑：由于我们以完全不同的方式生活和思考，那么在今天我们对于历史有哪些理解错误的地方？作为一个生活在21世纪的人，历史学家必须找出数百年前甚至是数千年前的人们通过其著作所想要表达的东西。当时人们的思维方式和理解方式全然不同。例如，这些人将一场疾病或是一场落败的战斗视为诸神的惩罚，而不是简单地将其看作是身体劳累或没有做好准备的结果。

有时，史源学考证也仅仅意味着：回到源头去！历史学家也经常像懒惰的中小学生那样。他们只是互相抄袭。直到有人来检验，那儿真的是这样的吗？

然而，在文学史料记载的所有业绩和事件中，在这些故事中，哪些是真实的，又有哪些只是幻想和传说呢？历史学那位具有批评眼光的姊妹考古学则试图给出这个问题的答案。

典型的考古学家：一个热衷挖掘的侦探

担心在工作时把自己弄脏的人应该成为飞行员、经理或是模特，但绝对不该成为考古学家。因为考古学家是一个热衷挖掘的侦探，时常在过去的污泥中翻找不停。他在户外寻找过去事件发生的地点和之前人们生活留下的痕迹。这些遗迹通常都在野外某处的地下。

考古学家考察一切人类所做过的事。他们对人们所遗留下来的每一条痕迹都很感兴趣——甚至连粪土坑也不嫌弃。他们的目标是了解过去文化的全部生活方式。他们借助标志和迹象来重新构建从前发生过的事：人们曾是怎样居住的——在帐篷、小茅屋还是房子里？他们的食物来源是什么——捕猎、农耕，还是制作陶器或金属制品来换取食物？他们有着怎样的习俗，他们崇拜哪些神明？以及对于本书十分重要的一点：他们与哪些人之间发生过战争，他们使用过哪些武器和策略？

考古学家的最大优点是，他在寻找并检验确定的、清晰的事实。他搜集尽可能多的材料——之后才提出一个论题：这是一个定居点、一片军事场地、一块献祭用地还是一片战场？它产生于哪一个时代？那里的人们属于哪种文化？以及他必须一再验证，还存在其他可能性吗？考古学家是一个挖掘发生在久远过去的事情的侦探，他筛选已经发掘出来的遗迹，并从中得出结论。

但他的工作方式也有一个极大的劣势：大多数情况下，他找不到对应的名称——不论是定居点的还是陵墓的。我们至今都不知道考古学家们在巴伐利亚州曼兴附近发掘出来的凯尔特人大型聚居区叫什么。在著名的特洛伊遗址的青铜时代古城中也未曾找到过一个上面写着"特洛伊"的路牌、铭文或是钱币。

瓦卢斯争议：众说纷纭

考古学通常能够通过实体线索来证实重要的神话和故事——虽然不能确定所有细节，但能证明其核心内容，在青铜时代晚期真的发生了一场特洛伊战争，亚历山大大帝真的到了印度。但关于瓦卢斯战役的争论偏偏没有停止。考古学家和历史学家几年来都围绕着这一问题争论不休，罗马人真的想征服日耳曼尼亚，还是仅仅想控制住它呢？

历史学家发现了一些罗马和希腊的作者所写的文章，其中提到了瓦卢斯军团的行军路线和作战地点。但考古学家却至今还没有找到任何一个进军路线上的军营，而这些军营本应该存在过。但在200多年的寻找之后，大多数考古学家都相信作战地点位于现在德国北部的卡尔克里泽山脊上——奥斯纳布吕克以北15千米处。

另外一些考古学家则再度发问：这里真的是那场具有决定性意义的战役的发生地点吗？或者这只是几个作战地点之一？又或者这是罗马人在瓦卢斯战役过去数年后打响的复仇战争中的作战地点之一？

还有不计其数的业余研究者和乡土学者在业余时间翻遍了从利珀河河口到希尔德斯海姆的每一块石头。因为在希尔德斯海姆附近发现了一件罗马银器，就有一部分人断定，这儿一定是瓦卢斯战役发生的地方。不，又一个乡土学者说，军团是在条顿堡森林南部行进的，瓦卢斯战役是在明斯特兰发生的。

等一下——究竟为什么围绕着一件2000年前在罗马人和日耳曼人之间发生的事会有这么大的争议呢？事实上，这个故事并不紧张刺激。它用两句话就可以讲完，而且每个人都已经知道了结局。公元9年，日耳曼首领阿米尼乌斯带领他的战士们经历三天三夜打败了奎因克提里乌斯·瓦卢斯的军团。在随后的复仇战役后，罗马人最终放弃了他们在莱茵河北部地区，即现在的德国北部的营地和聚居点。

然而，再也没有一个在我国发生的历史事件能够这么令人激动，并引发无穷无尽的讨论了。原因之一可能是，历史与我们直接相关的地方总是让人格外激动。如果你们住在莱茵河边，也许就有几个在瓦卢斯战役中阵亡的士兵出生在你们的城市？或者，如果你们住在利珀河沿岸，也许瓦卢斯曾带着他的军团经过你家门口！对所有人来说，我们之中的哪一位是伟大的日耳曼领袖阿米尼乌斯的直系后代？为什么罗马人在阿尔卑斯山北部的上阿登（贝格卡门）建了最大的营地？

另一个原因是，关于瓦卢斯战役还有许多谜团在今后一段时间内也无法解开，我们的想象力也便因此插上了翅膀。

9

我们知道，它曾发生过；但是我们不知道的是，瓦卢斯怎么被诱骗进了这个陷阱？军团采用了哪些行军路线？罗马人的实际目的是什么？日耳曼人为什么占据优势？

历史学家和考古学家齐心协力

这件事富有吸引力的原因是，今天我们有能力能够挖掘出这件在2000年前发生的事情背后的新线索了。如果历史学家和考古学家齐心协力，我们就会得到许多了不起的答案。然后我们就可以将一些古希腊罗马时期的作者传述下来的战争故事与考古学的最新发现进行比较，也许还可以将两者联系起来。

奥古斯都和他那著名的悲叹"瓦卢斯！瓦卢斯！把我的军团还给我！"在今天意味着什么呢？没有时光机器，我们就无法断定，奥古斯都是否真的拿他的脑袋撞了宫殿的墙壁。

但是，我们能够弄清楚的是，这位皇帝变得如此六神无主的可能性有多大。对他而言，征服日耳曼尼亚有多重要？他在那儿失去的三个军团对他来说有着怎样的意义？让我们尤为感兴趣的是，我们能用这种方法发现哪些关于瓦卢斯战役本身的信息。

为了能够好好回答所有这些问题，我们必须先找到我们的追踪行动的正确出发点：我们从哪儿开始我们的追踪？战争故事是从何处开始的？是从战斗日的早晨吗？还是以军队从主营地出发为开头呢？我们对这场战役一无所知，那么它是从何处开始的呢？它是否只是一场或两场战斗，还是说，它其实是由许多场战斗组成的呢？

首先我们必须了解这场战役。我们也可以以瓦卢斯从夏季营地启程那一刻为开头。但我们必须先讲讲在那之前发生的事，即罗马人在什么时候、以什么样的方式来到了欧洲北部？或者这样更好，我们也可以从公元前500年罗马准备扩张之时开始。"那我们为什么不直接从冰河纪开始呢？"有人在后面讥讽地喊道。这或多或少是一句嘲笑话——但这一建议倒也不坏。因为天气和气候变化在我们的追踪行动中也扮演着一个十分重要的角色。

罗马人第一次向北部进发这一时间点便可作为一个很好的开头。在那之前，他们就几乎已经占领了地中海周围的所有国家。那么为什么他们当时还要动身前往寒冷的北部呢？

第一章

恺撒痛击高卢人

在本章节中,我们将探讨为什么我们在今天知道这么多关于罗马人、凯尔特人和日耳曼人的事。

到了公元前58年，罗马人已扩张至地中海周围地区。

当时，他们正在向阿尔卑斯山脉以北的地区发展。在那里居住着与罗马人长久以来交恶的民族——凯尔特人和日耳曼人。

公元前390年，一支凯尔特军队突袭并洗劫了罗马。约公元前120年，日耳曼族的辛布里人和条顿人使罗马军队遭遇了毁灭性的打击。

因此，向北部行军必须得有充分的理由才行。罗马急需稳固的领地来维持财富和权力吗？这样的征服目的地仅仅存在于北部吗？罗马人觉得自己已经拥有足够强大的力量，可以战胜那些北部的民族了吗？罗马的政治家或将军们特别兴致勃勃，想要发动一场征服之战吗？

向北部进发的决策主要与一个名字紧密相连：盖乌斯·尤利乌斯·恺撒。恺撒是第一个带领他的军队深入到欧洲北部的人。就是恺撒在他的《高卢战记》中用"日耳曼人"来称呼居住在莱茵河右边地区的居民。恺撒也是第一个率领军队越过莱茵河进入日耳曼地区的人。

关于恺撒，我们知道些什么呢？他长什么样？他的性格如何？在家喻户晓的阿斯泰里斯连环画中，恺撒被塑造成一个傲慢无礼、不知天高地厚的年轻人形象。他的脸上长着一个巨大的鹰钩鼻。他的四肢瘦长而笨拙,总是粗鲁地坐在他的将军椅上,自鸣得意地施号发令。

但这与罗马的传记作者们向我们描述的情形完全不符。在他的出征战役中,恺撒一直走在他的军队面前——徒步行走!无论他们是向着更寒冷的高卢还是向着非洲荒漠进发。他有着持久的韧性、战略性思维和无所顾忌的性格——罗马史学家是这么描绘他的。他们也毫不隐瞒另一个使得恺撒十分出众的特点:恺撒有着前无古人的雄心壮志!

他虽然出身于一个古老的罗马贵族家族,也就是说出身于旧贵族阶层,但他的祖先们既不富有,在他之前的几代人中也没有出过什么著名的将领或政治家。他们实际上对罗马元老院中的政治动态并不具备影响力。元老院就是罗马的政治集会,只有豪门贵族才有权参加。

雄心勃勃的恺撒必须做点什么来获得财富和影响力。他为了入赘一个名望较高的家族,与自己的第一任妻子离婚。但他很倒霉!因为他的第二任妻子所在的秦纳家族在与罗马最强大的人苏拉斗争时落败,苏拉便废除了他们的职位,剥夺了他们的财产。恺撒试图通过在竞技场出钱主办"娱乐比赛"的方式,来获得群众对他的爱戴和支持。但是,他手中仅剩的一切就只有债务,庞大的债务。恺撒成了他的时代负债最多的罗马人。罗马史学家称,他共背负了高达625万至780万第纳尔的债务。这个数目之高可以这样理解:一个临时雇工一日挣1第纳尔,如果我们按照现在的最低工资来折算(每小时8.5欧元,8小时为68欧元),这个债务数目就相当于4.25亿至5.3亿欧元。

当恺撒试着建立一个同盟的时候,情况才出现了转折:他与当时罗马最富有的人马库斯·李锡尼·克拉苏斯以及最有影响力的将军格涅乌斯·庞培秘密结成了三人同盟。

日耳曼人和凯尔特人

凯尔特人和日耳曼人是两个在恺撒时期就已经在欧洲北部生活了几百年的民族——也就是说,对罗马人来说,他们来自于阿尔卑斯山另一边的陌生世界。

日耳曼人主要生活在现在的德国北部和斯堪的纳维亚,凯尔特人主要生活在北部阿尔卑斯山山前地带——即现在的德国南部、奥地利和瑞士。他们此前还从未被异族战胜或统治过。对此,他们的反抗十分激烈。他们还倾向于时不时地离开居住地,大批集结地迁移去新的地方。因此,凯尔特人不仅仅跨越了阿尔卑斯山到达了意大利北部,他们的足迹还遍布了现在的整个法国。居住在那里的凯尔特人被罗马人称为高卢人。

第一章 恺撒痛击高卢人

很快他被任命为执政官,之后成了近西班牙行省(西班牙)和高卢行省(法国南部)的总督。

事实证明,他是一位十分周全能干的领主,同时他也大捞了一笔钱财。在那期间,他学到的最重要的一件事便是:有高卢人的地方就有黄金!

为了提高自己的地位跻身上流,他只有一条路可走,进行一次光荣的且有利可图的征战。从希腊历史学家希罗多德的著作中,他找到了前进的方向:"欧洲北部显然有大量黄金!"公元前58年便出现了一个合适的机会。

之后,恺撒一再声称,他本不想发动任何战争,只是为了施以援手。这里指的是当时高卢部落爱杜伊人和塞广尼人正受到厄尔维几人威胁的局面。厄尔维几人出于不明原因想从现今的瑞士西部地区向高卢迁移。他们先是打算取道穿过恺撒管辖的行省,但恺撒拒绝他们入境。于是,他们便向爱杜伊人请求通行并获得了爱杜伊人的允许。但是有一些爱杜伊人觉得自己受到了入侵,便向恺撒求助——至少后来他是这么说的。

恺撒攻击了厄尔维几人,屠杀了这个民族三分之二的人口。他和他的军团无疑获得了巨额的战利品。他不仅还清了余下的债务,还自己花钱又雇了两个军团。

恺撒可以说"尝到了血的滋味"!由于他已经深入到了北部地区,他就顺势打响了一场庞大的战役:他想要凭借他的军团征服整个高卢——也就是今天的比利时、卢森堡和法国。

他巧妙地利用了高卢的各个部落之间都水火不容的事实。在征战期间,他先与爱杜伊人和其他部落结盟。他给他们送礼物,并向他们保证自己是将他们当成朋友一样来尊重的。在战争中,爱杜伊人给他提供情报和武器,帮助他击败了毗邻的高卢人。

恺撒的军团便沿着高卢边界以逆时针方向行进：阿尔萨斯、比利时、诺曼底、大西洋海岸。一个又一个部落被征服、被掠夺，成为罗马的臣民。还没有卷入其中的高卢人就像一群牛羚在一旁冷静围观，看着狮群如何将他们的同类撕碎并吞噬。恺撒胸有成竹，认为他甚至还可以冒险向不列颠群岛和日耳曼尼亚进发。

等一等！在这儿我们必须先暂停一下。为什么从四百年前开始罗马士兵们就急着要打一场又一场仗呢？

罗马是如何变得强大起来的

"急着打一场又一场仗"——这句话并不完全正确。罗马人也一再受到侵袭，就在罗马人于公元前396年占领了伊特拉斯坎人的维爱城之后不久，他们就于公元前387年遭到了凯尔特人的突袭。他们也受到日耳曼人和他们最强大的对手迦太基人的攻击。迦太基人的将领汉尼拔曾率领军队和战象越过了阿尔卑斯山，来到了罗马城门下。这一事迹使他至今威名远扬。

其他被战胜的民族就以落败者的姿态屈服了。而罗马人不一样，他们就像不倒翁那样重新振作起来，还变得比之前更英勇、更残忍、更成功。

他们取得节节胜利的原因一方面自然在于装备和军事策略——这我们稍后会具体来看。但罗马人的战略特点从一开始就是极端残暴。如果他们在战场上战胜了敌人，他们也不会放过他们的家庭、村庄和田地。

罗马是如何发展成了这样一个完美的军事、征服机器的？到底哪些人是"罗马人"，什么是"罗马"呢？就如名

罗马史概览

公元前9/8世纪 在七个罗马山丘上建立了第一批聚居区，传说是罗慕路斯（Romulus）和雷穆斯（Remus）建立的

公元前7世纪 伊特拉斯坎人占领了罗马

公元前509年 驱逐伊特拉斯坎人，建立共和国

公元前340–264年 占领亚平宁半岛

公元前264–146年 在三次布匿战争中打败并毁灭了迦太基。罗马控制了地中海西部地区

公元前58–51年 恺撒征服了高卢

公元前44年 恺撒成为终生独裁官，但不久就被暗杀

公元前31年 罗马统治了整个地中海区域

公元前27年 奥古斯都开启帝国时代，罗马的社会动乱结束了

公元65年 尼禄迫害基督徒

公元284年 分裂为西罗马帝国和东罗马帝国

公元475年 在哥特人和汪达尔人的攻击掠夺后，西罗马帝国灭亡

字所示，帝国的核心就是罗马城，它位于一条重要的河道边，地理位置优越。

关于罗马的起源流传着许多传说，事实依据却极少。但有一点可以肯定，到了约公元前500年，罗马还只是意大利中部众多城市中的一个。它的邻国甚至更占据明显的优势。伊特拉斯坎人孕育出了意大利的第一个高级文化，他们用铁锻造武器和生产用具，灌溉他们的田野，借助他们的船只在整个地中海区域开展贸易活动。这些伊特拉斯坎人从公元前616年起也控制着罗马。他们建造了坚固的城墙、神庙和下水道。这样他们才把罗马这个全是泥草房的村庄变成了一个真正的城市。

约一百年后，罗马人才得以摆脱伊特拉斯坎人的统治。罗马变成了一个由贵族阶层统治的共和国。罗马士兵最先也是由这一贵族阶层中的人组成。因为只有那些有能力自备装备的人才能去前线战斗。

随着已征服的地区越来越大，敌方战士人数越来越多，国家开始提供武器和装备。这样，那些贫穷的农民也能应征入伍了。即便如此，军队人数仍远远不够，于是罗马人便开始从领地和雇佣军中征募后备军队。

约公元前275年，罗马牢牢掌控了意大利南部，并在十年之后也控制了意大利北部。但罗马人也做了些之前的征服者民族没有做过的事情，在占领之后，他们试图化敌为友。被征服的国家很大程度上享有自主自治权力，同时，他们的居民也能够获得罗马公民权。

征服和吞并已经成了罗马人生活的固定组成部分。就像我们现今的经济体系一样，罗马也完全依靠扩张维持经济平衡。军费支出和首都罗马城中的奢华生活开销变得十分庞大。

于公元前202年战胜汉尼拔的军队后，罗马成了地中海地区最强大的力量。约公元前100年，罗马共和国也占领了法国南部部分地区以及通向之前已被征服的伊比利亚半岛的陆上通道。

但罗马就像一颗长满刺的果实，对外充满了攻击性，内里却是脆弱的。农民兵们出征的时间越来越长。他们无法回到田地中开展收割工作。罗马变大了——同时，他的战士和农民变穷了。许多贵族充分利用了这一点，他们从负债的农民收购了佃地。罗马街上贫穷的和失业的人口数量大幅增长。像保民官提比略·格拉古和盖约·格拉古这样的社会改革者试图将土地还给农民，但是却因强大贵族阶层的阻挠而失败了。罗马在公元前1世纪等待着一只有力之手，来缓和帝国中心的紧张关系。但对于恺撒来说，时机尚未成熟，他必须先在战场上得到认可。

左边是好的，右边是坏的

恺撒的军队从高卢迅速凯旋，期间绕道前往日耳曼尼亚的出征也应算作是胜利的一部分。他想出了一条简单的规则：从此以后，莱茵河应该形成一条明确的、不可跨越的界线。河的左侧给好人住，即在罗马行省中已变得温和的高卢人；河的右侧给坏人住，那些好斗的、野蛮的日耳曼人。

但日耳曼人曾一再越过这条界线。在他们的首领阿里奥维司都斯的带领下，日耳曼部落苏维汇人（这个名字现在听起来像"施瓦本人"）在公元前70年前后就已经横渡了莱茵河，并驱逐了在那儿居住的高卢人。有可能就是比利其人（这一称呼自然听起来像"比利时人"）——居住在塞纳河与莱茵河之间的北高卢部落——第一次将那些从莱茵

第一章　恺撒痛击高卢人

（几乎）所有拉丁文学生的噩梦——恺撒的《高卢战记》

恺撒的《高卢战记》原稿叫作 Commentarii De Bello Gallico，即《高卢战役随记》。这实际上是七年的述职报告，他在其中记述了他所进行的活动，并将它寄往罗马元老院。在征战结束之后，恺撒才将它编撰成一部合集并出版。为什么恰恰是这部作品成为了每门拉丁文课程中的必读读物呢？因为这些述评都是用简单明了的拉丁文写成的，且仅有1300个词的词汇量。尽管如此，恺撒在书中还是生动形象地描述了他在公元前58年到公元前51年年间进行的战役中的谈判、阴谋和屠杀。在这次征战中，他征服了大部分高卢地区。但对他来说，血腥残酷地征服高卢人是一种必要的、能够带来和平的手段。此外，他还详细地描写了高卢人、日耳曼人和不列颠人的生活方式。但这些内容也要以谨慎的态度看待，恺撒一直是以一个将自己的文化视为唯一正确的生活方式的罗马人的视角来描写这些的。考古学家也掌握了证据，驳倒了恺撒将凯尔特人分在莱茵河左边，将日耳曼人分在莱茵河右边的分界方式。

河右岸进攻而来的军队称为"日耳曼人"。

不管怎样，比利其人来向恺撒请求支援，此时恺撒就采用了"日耳曼人"这一命名。当时对于战略家来说，"日耳曼人"指的就是居住在莱茵河以东、多瑙河以北的所有民族。这一含义仍没有改变，因为在公元前58年，恺撒带领军队袭击了阿里奥维司都斯及其日耳曼军队，将他们赶回了莱茵河以东。

恺撒还想教训一下这些日耳曼人，让他们遵守他所划定的界线。公元前55年，这位统帅有了足够的余地，可以前往莱茵河右侧地区进行讨伐。为了通过湍急的河流，他不是命人造筏子或小船。不，为了显示他压倒性的强大实力，他下令让人建造了一座木桥——仅用了十天时间。他在他的《高卢战记》中也详细描述了他们的建造方法。

等一等——仅用十天造了一座莱茵河大桥？

"盖乌斯·尤利乌斯·恺撒的莱茵河大桥是于公元前55年在高卢战争时被建造的，在安德纳赫与科布伦茨之间，横跨莱茵河。"甚至在网络百科全书维基百科中也有这样的描述。"被……建造"！仅在"十天之内"！两年后，他的士兵们在往北一些的地方又再一次复制了这一技术成就！

考古学家们侦探般的觉察力立马就活跃起来了：为什么人们能够这么肯定？我们只是从恺撒自己写的东西里了解到造桥和建造时

间的呀!在我们的时代,人们已经根据他的描述做出了好几个该桥的模型。例如,在波恩的莱茵河州立博物馆中就有一座精美的仿制模型。但这对于考古学家来说当然不足以算作是证据。

他们一直在搜寻。实际上,在科布伦茨北部的新维德已有挖掘发现。在那儿的河底发掘出了残余的木头桥墩。这些木头确实有2000年的历史。

证据!真的是一个无可辩驳的证据吗?是的,这能够作为人们曾在此地尝试建桥的证据。在莱茵河的这个位置人们必须建造一座足足长400米的桥。也许人们正因此放弃了这一尝试呢?又或是桥确实曾建成了,但只维持了很短一段时间?每一个桥墩必须被牢牢打进河床中的正确位置,以对抗湍流,使桥稳固。所有这些工程都依靠当时的辅助工具来完成:绳索、长柄斧子和锤子这样的简单工具以及摇晃的木船。士兵们乘着船进行水上作业。即使放在今天,这也会是一项伟大的成就。

所以最有可能的是,这座桥要么压根没有建成,要么绝非是十天之内就建成的。但只存在一种确切检验的可能性:我们必须在此地、在今天重建一座这样的桥,而且必须用当时罗马人能够使用的同样的工具和手段。

这样的实验已经在许多领域都开展过了。人们重建过石器时代的小船,检验过罗马人的武器,还按维京人的方子酿造过啤酒。这一学科分支叫作"实验考古学"。但在莱茵河上重建一座桥太奢侈了。首先,这将造成极大开销,而考古学家并没有很多预算。第二,在建造期间,船只必须停运至少十天。紧接着,这座桥又要被拆掉,因为没有船只能够在它下面通行。结论是,我们确实不能确切知晓,这些桥是否真的建成了,是否达到了它们的目的。

而对考古学家来说,这只是一个很小的细节问题。他们

**实验考古学:
试验胜过研究!**

石器时代的人们怎么居住?埃及人用什么来生产啤酒?一个背着行军装备的罗马士兵能跑得多快?

得到这些问题的可靠答案的方法只有一个:实验!第一批考古学实验在19世纪就可以开始进行了。1879年,丹麦人弗雷德里克·塞赫斯泰德(Frederik Sehested)命人只用石器时代的工具建造了一座小木屋。

今天,实验考古学的范围包括了从捶打第一把旧石器时代的石斧到试验罗马的武器和食物,再到用当时可用的工具仿建中世纪城堡和攻城兵器。

更感兴趣的是：哪些人曾生活在高卢？他们靠什么维持生存以及他们的文明呈现什么样的面貌？

高卢人到底是什么人？

我们关于公元元年前后高卢人和日耳曼人的大部分信息，都只是从罗马作者那儿得知的——首先是从恺撒那儿。而这就像你们在学校里给自己开成绩单一样。

那么恺撒是怎么描写高卢人的呢？在他的眼里，他们是野蛮人：衣衫褴褛、营养不良、好斗，因而不能建立一个统一的国家。所以，在他看来，征服他们是保证和平的一大举措。

事实是，高卢人和日耳曼人——除了局部地区外——都没有文字。但没有文字绝不意味着没有文化。所以，依照这些民族所遗留下来的痕迹，让他们重新开口说话，就成了考古学的任务。下面是全部考古所得。

在过去200年找到并发掘了大量墓穴，其中许多墓穴都完好无损，内有丰富的陪葬品。如在1994年才发现的格劳贝格王侯墓穴。之后几年内，考古学家们在这里挖掘出了

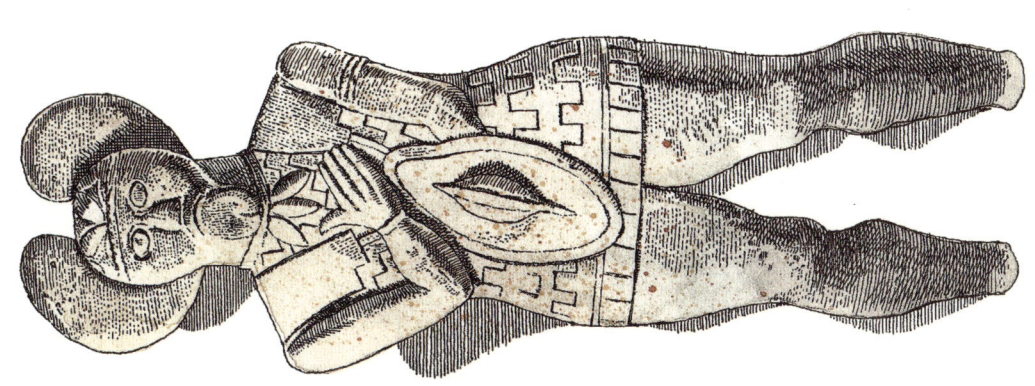

完整的墓室和巨大的人形殉葬品。这些殉葬品有着巨大的耳朵，长得就像米老鼠一样。另外，考古学家们也找到了矿藏、巨大的城堡和整片聚居区——恺撒称之为"奥比达"（Oppida）。

考古学家们从这些出土物中推断出了什么结论呢？高卢人属于一个更大的文化圈——凯尔特文化圈。凯尔特人并不是一个有着统一身份认同感的民族。凯尔特人不会这么描述自己："我们尽管分散在各地，但我们都是凯尔特人。"更确切地说，凯尔特人是一堆不同的民族群体组成的。许多世纪以来，他们形成了共同的风俗习惯、文学艺术传统，特别是共同的语言。

通过定年法，考古学家们得以找出凯尔特文化的核心。最早的凯尔特人生活在奥地利萨尔茨卡默古特地区的哈尔施塔特。在那里，考古学家发现了巨大的矿藏，公元前8世纪到公元前5世纪人们曾在这里开采出了大量的盐矿。盐也被称为"白色黄金"，常用作如肉和鱼等食物的防腐剂。凯尔特人将盐沿着河流销往远处——到了法国南部（马赛）和意大利北部，以此换回第一批铁——主要是铁制武器。但是凯尔特人很快学会了自己开采并加工铁。

就在哈尔施塔特矿藏的旁边，考古学家们又偶然发现了一片庞大的墓地。在约1000个墓地中，有一些有着非常丰富的陪葬品：铁质的武器和衣襟别针、陶器和伊特拉斯坎人的青铜器。这些出土物与公元前7世纪和公元前6世纪的罗马出土物十分相似。

就如一个缓慢充气的长条气球一般，凯尔特文化在公元前7世纪到公元前5世纪从哈尔施塔特朝着东部、西部和北部扩张。与在德国北部不同的是，在凯尔特南部，人们仅用了几代人的时间就成功将铁变为了生产材料。最晚从公元前6世纪起，人们开始挖掘丰富的盐矿和铁矿，在德国中部也是如此。在这一时期内，人们在高地建起了坚不可摧的城堡——如在施瓦本汝拉山上、位于乌尔姆和锡格马林根之间的著名城堡霍恩堡。但大部分凯尔特人主要是依靠农业生存。对于墓中骷髅的研究表明，凯尔特人并没有因饮食较差或饥饿而出现营养不良的病症，男性人均寿命为 35 到 40 岁，女性人均寿命为 30 到 35 岁，略高于他们生活在青铜器时代的祖先。

考古学家们从何处辨认出凯尔特文化？

公元前 5 世纪中叶出现了一种被视为是凯尔特文化"标志"的装饰风格，它有两种基本特征。首先，无论是戒指、剑鞘还是酒杯，无论是金制品、银制品还是铁制品——凯尔特人都用充满想象力的图案来装饰它们：几何图形、花草以及一张用几何元素拼成的面孔。其次，凯尔特的能工巧匠们还常常在衣襟别针、鸟嘴形陶壶的把手、项圈和腰带扣上创造具有象征意义的图形。这些神话怪兽和妖魔的首要任务就是驱走恶灵和不断威胁着人们的灾祸。

但在公元前 5 世纪时，这一魔法并没起什么作用。坏事发生了。许多凯尔特族群必须背井离乡，民族大迁徙开始了。考古学家们认为，造成这一事件的原因可能是严重的人口过密、灾难性的粮食歉收、气候恶化以及社会动乱。最大的可能性就是，这是其中几个或是所有这些因素共同作用的结果。

一部分凯尔特人向欧洲南部迁移，直到黑海及现在的土耳其地区。另一部分凯尔特人则向意大利方向进发，他们到达并掠夺了罗马。总体来说，这一民族迁徙与征战是不同的，因为凯尔特人尽可能地和当地居民融为一体了。

在大约 200 年的迁徙之后，凯尔特人又重新归于安宁。在德国南部和中部山地的盐矿和铁矿成了孕育新的凯尔特文化（通常所说的拉登文化）的物质基础。根据对出土物的研究，考古学家们发现了这一新的凯尔特文化的核心区域，位于现在的法国东部、捷克和奥地利以及德国南部和中部。与德语区相关的是，我们的祖先有好一部分人是凯尔特人，日耳曼人只居住在北部和东部——在下一章节中我们将对此进行补充。

当时，凯尔特人不再住在城堡中或村庄里，而是住在巨型聚居区中，聚居区周围有高大的城墙。考古学家们将它称为奥比都（Oppidum），该名称的复数形式为奥比达（Oppida）。考古学家们为它起了这个名字，是因为他们自己也很犹豫该不该称它为城市。这种被城墙包围的聚居区虽然规模像城市那样大，但是里面的建筑却不像城市那么密集。那里有许多空地被当作牧地来使用。

我们可以从曼兴丰富的出土物中推断出这些聚居区的情况，它们主要是手工业中心和贸易中心。在这里，人们大批量生产工具、武器和装饰品，并铸造一些钱币。凯尔特人将其中一部分物品与毗邻的农民们交换，以换取必要的食品。其余的部分，尤其是奢侈品，则被运至远方进行贸易。

由此可见，凯尔特人居住在巨型聚居区中，生产商品，

奥比都曼兴——德国南部的凯尔特人大聚集地

英戈尔施塔特往东南方向八千米，在一个军用机场的旁边的地中，至今还保留着一个大型凯尔特人居住区的遗迹。罗马人将筑有防御工事的凯尔特人居住区称为奥比都。因此，英戈尔施塔特附近的这个地方在今天被称为"奥比都曼兴"。因为他的凯尔特名字已无从知晓。在 20 世纪 50 年代机场要被扩建的时候，考古学家们得以提前考察了整个机场区域。这是第一次如此细致地考察当时还神秘万分的奥比达的其中之一。这片居住区在公元前 2 世纪和公元前 1 世纪占地约 380 公顷，也就是相当于 500 个足球场那么大。而且，这片居住区被一道近 7000 米的长长的墙包围了起来。考古学家估算，光是建这道城墙就需要约 500000 个工作日——也就是说，需要 2000 个人花 250 天来建造，或者是 4000 个人花 125 天来建造。但是，在这个居住区里真的住了这么多人，能够抽出 4000 名健壮的工人吗？刚开始并没有那么多，因为当时只有 80 公顷大的核心居住区。从公元前 2 世纪晚期起，边缘地区也开始有人居住。当时大概有 5000 到 10000 人居住在那里。

他们靠什么生活？少数靠农业和畜牧业，多数靠手工和贸易。那里生产了 200 多种不同的金属器具：铁制的武器和工具、铜制装饰品、银和金制品。另外，人们从公元前 2 世纪中起也开始铸造钱币。这是进一步分工和贸易繁荣的证明。

并与罗马人等邻近的民族开展贸易活动。恺撒和其他罗马人将凯尔特人描述成野蛮人,这只是一种恶意的宣传吗?还是有什么具体的原因呢?

傻里傻气的裤子、骷髅头仪式和野蛮的号角声

公平地讲,人们必须承认这么说确实是有原因的。首先是一个简单的、在我们今天评判陌生人时仍十分重要的因素,凯尔特人长得不一样。他们明显比罗马人高大——男人的平均身高为1.72米,比罗马人的平均身高要高十厘米。另外,他们大多数人长着一头金黄色长发,穿着鲜艳的、带有针织或编织图案的衣服。最晚从公元前5世纪开始,凯尔特裤子成了标准装扮。凯尔特男人是第一批自主穿裤子的人,这对于每一个经过教化的罗马人来说都是极大的震惊。

但还有更糟糕的。凯尔特战士们被视作是极其凶残的人,因为他们有时候还会在战场上将战败敌人的脑袋砍下来。他们还举行残酷的仪式——恺撒这么描写道:"有一些

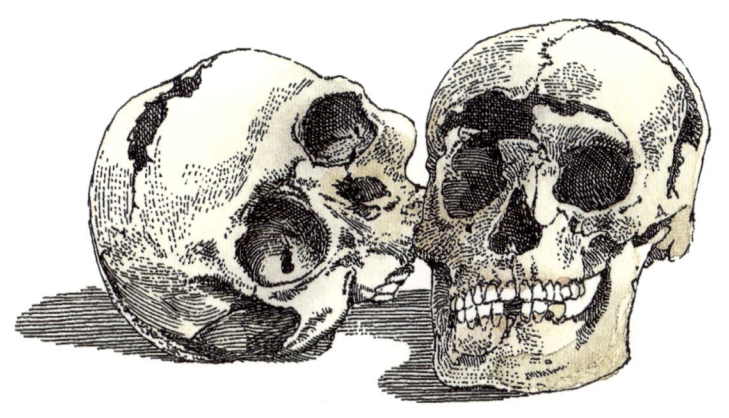

部落做了无比巨大的塑像，他们用活人填满那用荆条编织而成的四肢。然后他们从下面用火点燃塑像，这样那些活人就被火重重围住，在里面被活活烧死了。"

这样残忍的仪式有什么目的呢？事实上，考古学家已经找寻到了这种仪式的遗迹——在法国东北部的昂克尔河畔里布蒙。首先，他们在那里发现了战场的遗迹，在附近的地表之下零零散散分布着大量人骨。在这片战场的边缘处，考古学家又在一块 50 米乘 50 米大小的区域发现了约 600 件武器、10000 块人骨，但并没有找到一个头盖骨。

考古学家们找到了一块"胜利纪念碑"（Tropaion）的残余物——就像罗马作者所描写的那样。他们将被杀死的敌人的尸体砍头，做成木乃伊，一个挨一个紧紧地摆放在木桩上——全副武装的。凯尔特人将他们的敌人这样献祭给神灵。

那么头骨被放在哪儿了呢？考古学家们在法国南部的昂特勒芒或法国西部的阿龙德河畔古尔奈的无数祭坛上找到了它们。在那里，凯尔特人建起了神庙，用人类头骨来装饰木门或石柱。因为凯尔特人相信，永生的灵魂住在头骨中，拥有头骨就可以控制灵魂。

虽然凯尔特人没有喝下去就能无往不胜的魔汤，但他们发明了一种使罗马人都闻风丧胆的战术。他们称之为 FUROR GALLICUS——"高卢式疯狂冲锋"。但"凯尔特人与凯尔特人并不相同"这句话也适用于这种冲锋战术。

只有人口稀疏的边缘地区（比如北高卢）的凯尔特人还在将持剑盾的单个战士组建成松散的队伍作战。在巨型聚居区的军团中则是另一番景象。奥比都的首领建立起了一整支军队，通常由 10000 到 20000 名士兵组成。他们统一着装，配备长矛、铜制头盔、长剑和足有一人高的盾牌，以整体队形作战。

在步兵旁边是骑兵,用长剑充当砍击武器。他们的战车装满了标枪。但如果他们放弃了他们的"心理战术",凯尔特人也就不是凯尔特人了:他们朝着敌人的军营大声喊各种可能的、不可能的骂人的话,挑衅般叫嚣着要进行决斗,以此来刺激他们的对手。随着喊出战斗口号和一声共同的怪叫,他们就开始疯狂冲锋。然后便响起他们的战斗号角声——在罗马人耳中听来是一种十分粗野的、吓人的声音。接着,带着一种对死亡的蔑视,凯尔特人前仆后继投入战斗。

数百年来,这一策略总能成功。但这种混乱的作战方式最终败给了罗马军团的纪律。受过严格操练的罗马人在保持阵形完整的同时,还比他们的对手更加灵活机动。他们用这种方法抵御了凯尔特人和日耳曼人的进攻,用他们的策略歼灭了敌人。于是我们又回到我们的故事中来了。

维钦托利——阿斯泰利克斯和奥贝利克斯的榜样[1]

在一枚高卢钱币上印着的维钦托利看起来就像是阿斯泰利克斯和奥贝利克斯的亲戚一样:长长的头发、长长的胡子、大鼻子和宽肩膀。也许这部漫画的漫画师就是拿这个图样作为参考的。但维钦托利本人并不是靠捕猎野猪和驱逐罗马人为生的,他也和魔法药水没有什么关系。

维钦托利于公元前82年出生在阿维尔尼人部族的部族首领家庭。他的家族居住在高卢南部,靠近罗马帝国的边界。他的父亲在试图成为高卢人的王时被处决了。当罗马人打败一个又一个高卢部族的时候,维钦托利不能袖手旁观下去了。

历史学家们再一次不能统一意见了。一些人说,维钦托利是被他的拥护者们逼迫,才开始策划一场全体高卢人反抗罗马人的起义的。另一些人说,他是自主决定这么做的,同时他也因此被他自己的部族所驱逐。不管怎么说,维钦托利证明了自己是一位机智的统帅。他在战场上的连连胜利吸引了越来越多的高卢战士前来投靠他。

最后,他的兵力被分散了,维钦托利和他的一小部分军队被困在阿莱西亚城中,并被恺撒包围并断绝了粮食。在一切解救尝试都失败之后,维钦托利放弃了抵抗,命令他的部下将他交出去。

就像我们对待赫尔曼/阿米尼乌斯那样,维钦托利也在法国被尊为民族英雄。在19世纪,人们还为他修建了几座很大的纪念碑——在阿莱西亚也有。

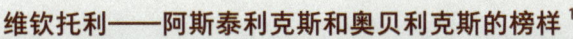
[1] 阿斯泰利克斯和奥贝利克斯是法国著名漫画《高卢英雄传》的主角。

恺撒的最大胜利与他的死亡

战争最初只是对抗劫掠部落的手段,恺撒却将它继续发展成为有计划的征战。一个又一个部落被征服、掠夺。因为高卢人容忍了这种方式,恺撒的军队才占据了数量上和策略上的优势。公元前53年,已屈服的比利其人又发动了一场反抗罗马统治者的暴动。这虽然被罗马人血腥镇压下去,但这一事件让在高卢的凯尔特人最终醒悟过来,他们都是凯尔特人,他们面临着与比利其人一样的共同命运。

这时,他们才联合起来共同对抗罗马征服者,在凯尔特部落首领维钦托利的领导下进行反抗。

维钦托利采取了一条巧妙的计策,他不打决定性的战斗。他一次又一次地攻击罗马人,给他们造成了巨大的损失。他以此引诱他们逐渐向北部深入。同时,他命人烧毁

村庄和田野，使罗马人陷入粮食供应危机。

他的成功甚至使得恺撒之前最忠诚的盟友爱杜伊人都改旗易帜、重新站队了。但维钦托利并不是一个拥有绝对权力的指挥官，其他的凯尔特首领们都要求进行一场公开的战斗。战斗如愿进行了——但罗马人给予了他们毁灭性的打击。幸存的军队又回到了一个叫作阿莱西亚的奥比都，在今天的第戎附近。在那里，战争结束了。

罗马人必须花很长时间才能将固若金汤的奥比都围攻下来。甚至连围攻的人也有被围攻的风险。他们必须在他们的包围圈外筑起一道防御墙，因为还有一支高卢军队会从背后突袭。但这一有计划性的进攻策略又对罗马人十分有利。他们击退进攻者之后，高卢人在阿莱西亚弹尽粮绝，在饥饿中陷入困境。在一次突围尝试惨痛失败后，高卢人放弃了斗争，维钦托利被抓了起来，几年后在罗马被处决。

此时，恺撒设法把莱茵河划定为新的罗马行省与日耳曼部落之间的界线。因为反复无常的日耳曼人目中无人，十分无礼。公元前54年，恺撒率领军队出征不列颠群岛时，高卢的个别部落利用这个机会发起叛乱，并在莱茵河右侧地区的日耳曼人中寻找盟友。恺撒回来之后镇压了这次起义。

为了阻止剩余叛乱者逃向日耳曼尼亚，且为了惩罚那里的叛乱盟友，他下令第二次横渡莱茵河。

又有一座桥以历史最快速度建成了。恺撒再一次没有受到任何军队的抵抗。他是这么来描述自己所做的：

31

"恺撒只在他们的土地上待了几天。在这段时间内,他命人烧毁了所有的村庄和农场,并收割了他们的粮食。"这样,他挽回了罗马的面子。

莱茵河右侧的凯尔特地区暂时不被罗马人打扰。但在高卢的征战和破坏对这里也产生了影响,凯尔特聚居区之间的广泛贸易关系无法继续维持下去。凯尔特人离开了他们的大型聚居区,分散居住在小村庄中,重新从事农业。又或者,他们前往其他地区,驱赶那里的原住民。这在高卢部落和日耳曼部落之间引发了一系列连锁反应。恺撒在他的著作中将此描述为已经存在的关系,但这是由于他和他的出征才造成的,莱茵河右侧地区的文化经历了一次衰落。

恺撒在他的著作中尽力将他的征服高卢战役描绘成一种维持和平的举措。但是其他的罗马作家对这八年战争做了一个更加符合现实的回顾。"在高卢,他洗劫了那些摆满献礼的圣殿和神庙,常为了战利品毁坏无辜的城市。所以,他占据了大量黄金……",恺撒的传记作者苏维托这么写道。

其破坏的规模之大完全可以与现今的战争相比较:数百个地区被毁坏,一到两百万高卢人被杀害,也有许多成了奴隶。还有几个地区的人口完全被灭绝了。

罗马元老院并没有给予恺撒权力来进行这种可怕的歼灭战。公元前49年,恺撒结束了他的总督任期。他应解散他的军团并回到罗马,在罗马等待着他的不是欢呼庆祝,而是诉讼。但恺撒保留了他的士兵,带着他们一起朝着首都方向进军。恰巧他之前的盟友庞培倒戈对抗恺撒。他必须先打败庞培和他的军队,才能最终扫清通向权力之路。公元前46年,恺撒被任命为任期十年的罗马共和国唯一统治者,即独裁官。

恺撒运用他的权力推行了重要的改革,他免除债务,重新调整粮食分配。罗马的土地被分配给贫困的公民和战争老兵。两年后，他甚至被任命为终身独裁官。从罗马在公元前509年成为共和国以来，人们一直担心会出现一个新的国王。

这就是恺撒的目标吗？主要证据就是，他开始穿红色的靴子，而在罗马只有国王才能穿红靴。而反证则是，当他的密友马克·安东尼在一次公众集会上将一个花环当作王冠戴到他头上时，恺撒立马就把它摘下来了。

但无论如何，古老家族们觉得他们的权力正在被动摇。所以，公元前44年，恺撒被一群元老刺杀了——后来证实他被刺了23刀。在被刺杀之前，恺撒正准备启程进行一场新的征战以对抗强大的帕提亚人，这些帕提亚人在古波斯帝国的土地上建立了一个新的伊朗国家。如果恺撒这次也打了胜仗，那么罗马民族肯定会认可他的独裁官身份的。

他还有更长远的计划，他想率领他的军队沿着黑海征战现在的匈牙利和波兰地区，然后再从东边进攻日耳曼尼亚。

现在这都不能实现了。日耳曼人再次获得了30年的宁静，不被罗马人所骚扰。但这也没有能阻止他们一再越过莱茵河来高卢进行小规模劫掠。

第二章

皇帝来到莱茵河边!

在本章节中,我们将探讨为什么罗马人对欧洲北部这么感兴趣。

公元前 16 年，今天的波恩城北部的莱茵河右岸。日耳曼苏甘柏族的武装骑兵部队，为了进行一场快速劫掠，跨越了河流，驱兵挺进高卢内部。居住在左岸的罗马人完全被这次进攻震惊了，总督马尔卡斯·罗流斯率领第五军团追击掠夺者们。但掠夺来的战利品增强了苏甘柏人的实力。他们战胜了罗马人，并夺走了他们军团的鹰旗。

在此之前，日耳曼人也多次进行挑衅。但在恺撒发动高卢战争之后的三十多年内，罗马人从没有进行过一次针对日耳曼尼亚的惩罚性征战。为什么会出现这样一段长长的休战期呢？因为这段时间内，罗马人主要专注于自己内部的事务。

但这次新进攻并不是毫无影响的。因为现在奥古斯都大帝要亲自前往高卢了。我们听到的真的是奥古斯都"大帝"吗？恺撒因为追求专制独裁而被谋杀了——现在又出现了一位皇帝？

是的，在极短的时间内，罗马发生了巨变。在公元前 44 年恺撒死亡之后，罗马人分裂成了两大阵营。

其中一边是谋杀恺撒的凶手们。他们本以为自己会因为这一行动而受欢迎并得到奖励。但是罗马的舆论又向着另一个方面逆转了。已经死去的恺撒突然不再被视为是共和政体的威胁，而被看作是一个英雄。凶手们只得落荒而逃，离开罗马。

另一边是恺撒的朋友们、士兵们和拥护者们。有两个人视自己为这一阵营的领导者和恺撒的继承者，恺撒的多年好友马克·安东尼和小屋大维，即盖乌斯·屋大维乌斯。在恺撒被谋杀之时，盖乌斯·屋大维乌斯正好满18岁。他出身于一个骑士贵族家庭，并且是恺撒的近亲，他母亲是恺撒的外甥女，他是恺撒的甥孙。恺撒在他的遗嘱中还将盖乌斯·屋大维收为养子，并将其指定为继承人。

等一等——屋大维乌斯是通过恺撒的遗嘱被收养的？每一本历史书籍中都是这么写的。但一个聪明的法律史学家有一天就问自己：我们到底是从哪儿获得了这一信息？这也是考证的一种方式：回到最初的源头去。

在这儿，这位法律史学家就产生了正确的怀疑，只有少数几个罗马的史学家提到了这一收养事件——且仅仅是附带提及。而且，这些史学家们生活在这些事件发生的100多年之后。因此并不存在任何目击者报道。

死后的收养是根本不可能实现的。因为罗马的法律十分严格。只有当一个人活着的时候，他才能收养另一个人。而且领养是要举行仪式来确定的。

尽管恺撒在生前已将一些职务转移给屋大维乌斯，并在遗嘱中将他任命为主要继承人。但是他并没有收养他。这是此后将自己称为屋大维（Octavian）的盖乌斯·屋大维乌斯的第一步棋：他断言并坚持这件事的真实性，还在他的名字后加上了"DIVI IULII FILIUS"，即"神圣的尤利乌斯（恺撒）之子"。

这些初步手段有什么成效呢？恺撒的朋友们和受惠者们以及大部分过去他麾下的士兵们都纷纷来投靠屋大维。于

元老院议员和奴隶——罗马的金字塔型社会结构

罗马社会的最高等级是贵族元老：即600位元老院成员和他们的家庭成员——罗马最富有、最有影响力的人。

其下是骑士贵族，他们的财富和影响力比元老略低一些。从他们之中产生高官、行省官员和军队军官。

骑士贵族之下是罗马的自由公民：商人、工匠、工人和水手、农民和越来越多的蜗居在罗马小巷里的临时工和穷人。

在他们之下还有奴隶：在战争中被俘获的人们。他们的孩子在出生时候也自动变成了奴隶。奴隶们的生活也大不相同：在农庄和矿山中的奴隶必须辛勤劳动，在富裕家庭中当仆人的奴隶则生活轻松。其中一些奴隶甚至被允许从事商贸，他们赚了钱就可以为自己赎身。据估算，当时每五个罗马居民中就有一个是奴隶。

是他几乎掌控了一支私人军队。这对于他的下一个计划十分有利，每一个罗马人都将得到一份钱作为礼物——恺撒的遗嘱中这么写道。但马克·安东尼一直妨碍着这一条遗嘱的实现。屋大维付清了这笔钱，于是一时成了罗马最受欢迎的人。

他马上采取了进一步行动，筹办庆典活动纪念恺撒。他考虑的是，恺撒的合法继承人的地位也会随着恺撒的名誉和声望的提高而上升。屋大维的计划成功了，他被推选为两位执政官之一。这一民事的及军事的国家领导人每年由人民选举产生。

文明之争

然而在此期间，"凶手们"也扎根安定下来了。他们控制了罗马共和国的东部行省。因此，公元前43年，屋大维与两位实力强盛的将军结成了同盟，分别是马库斯·埃米利乌斯·雷必达和实际上是他的敌手的马克·安东尼。罗马再一次出现三头执政的情况——三巨头政治肆无忌惮地尽情利用他们新获得的权力，来消灭反对势力。他们公布了被剥夺公民权的政治家、贵族和富有商人的名单。将他们的首级取来的人可以得到丰厚的奖赏。这样不仅仅可以将反对之声扼杀在萌芽状态，而且还可以填满自己的金库，因为被谋杀者的财产都要没收充公。

这时，三巨头政治已能够建立起一支强大的军队，于希腊北部的菲力比与恺撒谋杀者的军队进行了决定性会战，并歼灭了对方。安东尼顺势接管了富饶的东部行省。

与此同时,屋大维宣布内战结束,并将自己塑造为和平缔造者的形象。但他还有进一步的计划,雷必达失去了他的军队的支持,退出了权力之争。只有安东尼一人成为屋大维的独裁之路上的阻碍。但他犯了一个错误,像之前的恺撒那样,安东尼也爱上了埃及艳后克里奥帕特拉。

但由于屋大维刚刚才塑造起自己和平爱好者的形象,他不能公然发动进攻。于是他决定开展一场"宣传战"。但并不针对安东尼,这太容易被看穿了。不,他将矛头对准克里奥帕特拉,声称她是一个东方女巫,将善良的老马克·安东尼变得毫无意志,任凭她摆布。屋大维还放出一条至关重要的流言,即克里奥帕特拉意图成为罗马共和国的女统治者,并将行政中心从罗马迁至亚历山大港。这种宣传十分有效,屋大维获得了对抗安东尼和克里奥帕特拉的权力。

公元前31年,克里奥帕特拉和安东尼的舰队在亚克兴(希腊西部)遭到毁灭性打击。第二年,他们的余军也被歼灭。紧接着,这对统治者双双自杀。在这之前,埃及还是罗马的一个独立盟国。此时,屋大维将它变成了罗马的一个行省,其缴纳的税直接进入他的金库。

屋大维以一个英雄的形象凯旋,民众热烈庆祝他的胜利。他为自己铺平了通向独裁之路,另外他也从恺撒所犯的错误中吸取了教训。在罗马,成为独裁者一事不能操之过急,不能过于明目张胆。特别是,人们在所有的公众场合都不该称自己为"独裁官"或"王"。所以,屋大维就装作一副共和政体还将延续的样子。他让元老院继续运转,并每年选举两位新的执政官。

元老院仍旧继续管辖旧的、位于共和国内部的行省。屋大维则对众多边缘行省和整个军队拥有唯一的指挥权。他

的成就和他的权力是无可置疑的,因此元老院授予了他"奥古斯都"的称号——该称号与"尊者"、"圣人"的意义相近。但是,奥古斯都自己只让别人称呼他为"第一公民"——国家中的第一人。他在罗马的住所及他在那儿的生活仍极其简朴。

他下令建造的大量塑像也没有表现他的傲慢自大。(只有250尊保留到了今天——那么曾经到底有过几千尊呢?)无论这一统治者被塑造成全副武装、骑马,还是近乎裸体的形象(他的似神性的象征)——他的塑像始终有着一个少年的头。这意味着:你们看啊,我多么简单、多么纯洁!奥古斯都在公众面前表现出一副简朴的样子的同时,他却秘密地聚积起了大量财富。这些财富主要来自于各行省的收入——我们还将对此深入探究。

大理石、面包和比赛

一直以来,罗马就在台伯河河畔的七座小山和其间的山谷中野蛮扩张和蔓延。古罗马广场历经几百年变化成为

为什么罗马废墟在今天闪着红色的光？

在恺撒时期，公共建筑是用白色的大理石装饰的——罗马的城市中心在阳光下会发出耀眼的光芒。但现在，许多古希腊罗马时期的建筑却只剩下了红砖骨架。为什么呢？

在公元5世纪罗马帝国快要灭亡之前，罗马城曾被多次劫掠，这些断壁残垣没落了约1000年之久。同时，罗马城中一直有人居住，在中世纪时期也是游客和基督教朝圣者的目的地。但除了梵蒂冈之外，这座城市差不多就是废料场和游乐园的混合体。

台伯河的多次泛滥导致这些古希腊罗马时期的大部分地点都被几米厚的淤泥层覆盖。因此，古罗马广场的原址变成了一片草地，只有个别的废墟断片从地底伸出。像斗兽场这样的地面上的建筑就倒塌了。

人们采取了切实的应对措施：哪些部分可以继续使用，哪些部分可以回收？神庙、剧院和温泉浴场被拆成大理石石块，这些材料可以用来建造教堂。更糟糕的情况是，人们用大理石炼烧出石灰，石灰是起到连接和遮盖作用的建筑材料。这些劫掠行为赋予了这些废墟它们现在的颜色：只有用红砖建造的裸露的建筑物还屹立着，因为这些用混凝土浇筑在一起的砖头不能被重新利用。

罗马的中心广场。一座又一座建筑物毫无规划地竖立起来，直到一切都紧密地交错在一起。对于一个庞大帝国的首都来说，这并不是一个具有示范性意义的地区。恺撒已经下令在紧邻旧的广场之处建造一个补充性质的广场，为一个两层高的柱式大厅所环绕。奥古斯都在当时自然也命人建造了一个更大的广场。同时，他也让人修葺了古罗马广场并按自己的意图来使用它。因此，其中心位置建立起了"尤利乌斯·恺撒神庙"，供奉着复仇战神马尔斯·乌尔托尔（Mars Ultor）。所有人也都懂得这一暗示：你们来看看奥古斯都是怎么来对付他的敌人的！

"我接受了一座用砖修建的罗马城，却留给你们一座大理石城市"，据称奥古斯都在他临终前是这么说的。但情况也不全然如他所说。

我们必须先说清楚，罗马在当时已经是一个拥有着一百多万人口的大城市了。在那些广场上，在繁华的大街沿侧，罗马展现出它令人愉悦的一面。在那里，富有的罗马人居住在配备有地暖、自来水管道和下水道网络的房屋中，在豪华温泉浴场中或剧院中消磨时间。

但在这背后,在那些狭窄的小巷子中,这个古典世界的首都看起来截然不同。大多数罗马人生活在破落的居住区中。人们尽可以将这些居住区称为贫民窟。穷人们住在狭小的"出租房"中,房屋歪斜的墙壁撑起好几层楼。这样的简陋小屋发生过数次坍塌事件,因此市政府强制将它们的高度限制在五层楼以内。火灾也常常发生——奥古斯都建起了历史上第一支国家消防队。

但消防队得费尽全力才能到达火灾发生地点。因为贫民窟中的巷子十分狭窄,无法承载过多马车同时通行。因为罗马的街道上常常因人群、马车、手推车和轿子而拥堵不堪,恺撒就下令贯彻了第一条疏解交通的措施:只有到了晚上才准许马车进入城内。缺点是晚间的交通噪声吵得许多罗马人不得安宁。

一边是大地主们和富裕的投机商人们,炫耀着自己的奢侈生活。另一边是数目持续增长的穷人大军,饥饿而怨怒

军团——步兵队——百人队

罗马军队中最大的编制就是军团。每个军团有自己的番号,且除了军团鹰旗之外,还有自己特殊的标志:许多军团选择了黄道十二宫中的一种动物,比如一头牛或是一头狮子。比如,第一军团就叫作日耳曼尼亚,因为他们在那里驻扎过一段时间。其标志物并不明确。第五军团叫作Alaudae("云雀"),这是按照他们盔甲上的装饰物来命名的。他们的标志是大象,因为他们在非洲北部曾打败了一支带着战象的军队。

每个军团由十支步兵队组成,每个步兵队有480人。每个步兵队会被进一步分为六个百人队,每个百人队由80人组成。也就是说,80×60×10=4800个军团士兵。(在恺撒时期末期,一个步兵队被扩大至1000名士兵。)另外还有约120名军团骑兵、500人以下的后备部队和侦查员、卫生兵等特种部队。总的来说:一个军团有约5500到6000个士兵。但每个部队并不总是满员的。

当然,每个军团都有一个领导层:军团最高领导是军团指挥官,即"军团将军"(Legatus),在他之下有六名军队保民官。指挥官和保民官并非雇佣兵,而是来自于骑士贵族阶层和元老院。对他们来说,在军队内效劳是对他们政治生涯的一种考验。

为什么还要将军团分为步兵队和百人队呢?因为这样的话,军队就可以在战争中保持灵活机动:军团可以迅速分成中等大小和小型的部队,也可以迅速聚集起来。

地在罗马巷子中闲荡。这种社会中的紧张对峙将会在某一个时刻引爆一场叛乱。奥古斯都对此也有所察觉，因此他试图使局势变得缓和一些。他的计划直到今天仍是当权者们常爱采用的：面包和游戏。当时，罗马居民中约有 200000 人是穷人。奥古斯都每月都给他们发放一定数量的小麦——他尽可能地自己来监管这一发放过程，这样人们就可以看到他们应该感谢谁了。

然而，比赛对于首都中的社会和平来说也同样重要，包括在大竞技场举办的马车比赛和骑士比赛以及原先在城市剧院、后来在罗马大斗兽场进行的著名战役改编赛、斗兽赛和斗士格斗。奥古斯都通过下令建造新的、更大的场地，使得广大的群众都能够观看这些赛事。

> **谁会成为奥古斯都新军队中的士兵？**
>
> 尽管这支奥古斯都领导下的新军队并不是一支公民组成的军队，而是一支职业军队——实际上军团士兵（对后备军队不同）也应该是由罗马公民来担任的。但事实往往并不与之相符。恺撒就已经提到他的军团的组成多样性了。他建立的云雀第五军团主要是由高卢人组成的。即使在内战期间，人们也并不严格遵守这一规定：人们需要追随者，并欢迎每一个人。除了普通的军团，奥古斯都还招募了后备部队（Auxiliae）。后备部队也像军团那样被下分为步兵队。但它们有着特殊的任务，有些只是步兵部队，即只有步兵，其他的只是骑兵部队，即只有骑兵。后备部队的士兵是从罗马行省中征募的。
>
> 另一方面，这支军队可以充分利用各个民族的特殊能力：优秀的骑兵来自阿拉伯和日耳曼尼亚，弓箭手来自叙利亚，投石手来自伊比利亚。对所有这些士兵来说，除了军饷，还有另外一项附加的诱惑，在服役期结束后，这些士兵可以得到罗马的公民权。

在那之前，这些比赛主要是由元老院议员或富有商人来资助的，恺撒就因此背负了巨额债务。当时，奥古斯都以他自己和他的家族成员的名义来筹办最豪华的比赛。同时，他又禁止其他私人举办自己的比赛。之后的皇帝们都将举办比赛看作自己的特权。因为，有权控制面包和比赛的人，对于群众的影响力最大。

奥古斯都急需人们的积极舆论。因为在内战结束后，他必须裁减军队，有功的士兵，即"老兵"们，退职时应得到土地。这反过来意味着必须要剥夺农民的财产。奥古斯都必须决定：我是选择让人民失望呢，还是让士兵们失望呢？在疑虑中，奥古斯都选择了军队而非人民。我们要记住这一点，奥古斯都和他的军队之间有着异常紧密的关系。

第二章 皇帝来到莱茵河边！

奥古斯都必须大幅缩小他的军队，同时他也趁此机会进行了一次彻底的军队改革。在此之前，军团是由义务服兵役的罗马公民组成的。但是，为了保证这个巨大的帝国的持久稳定，奥古斯都想要建立一支每时每刻都做好了战争准备的常备军队。因此，他引进了一支职业军队，这支军队可划分为军团和后备军队。雇佣兵得到一份固定的军饷和一份明确的雇佣合同（合同期限通常超过25年）。当时，奥古斯都支配着28个可随时应战的军团，也有些人说是30个。加上后备军队，共有250000到300000名士兵，分散在从莱茵河到巴勒斯坦的广袤地区，当时也包括了犹太地和埃及。

服役期满之后，士兵们会得到一份养老保险：老兵们或将被分派土地，或将得到一份更高额的金钱作为补偿。奥古斯都将他的一部分资格较老的士兵移居到行省中去。这样，在边界沿线一带，除了常驻的军队之外，还有一些可靠的、身经百战的战士。

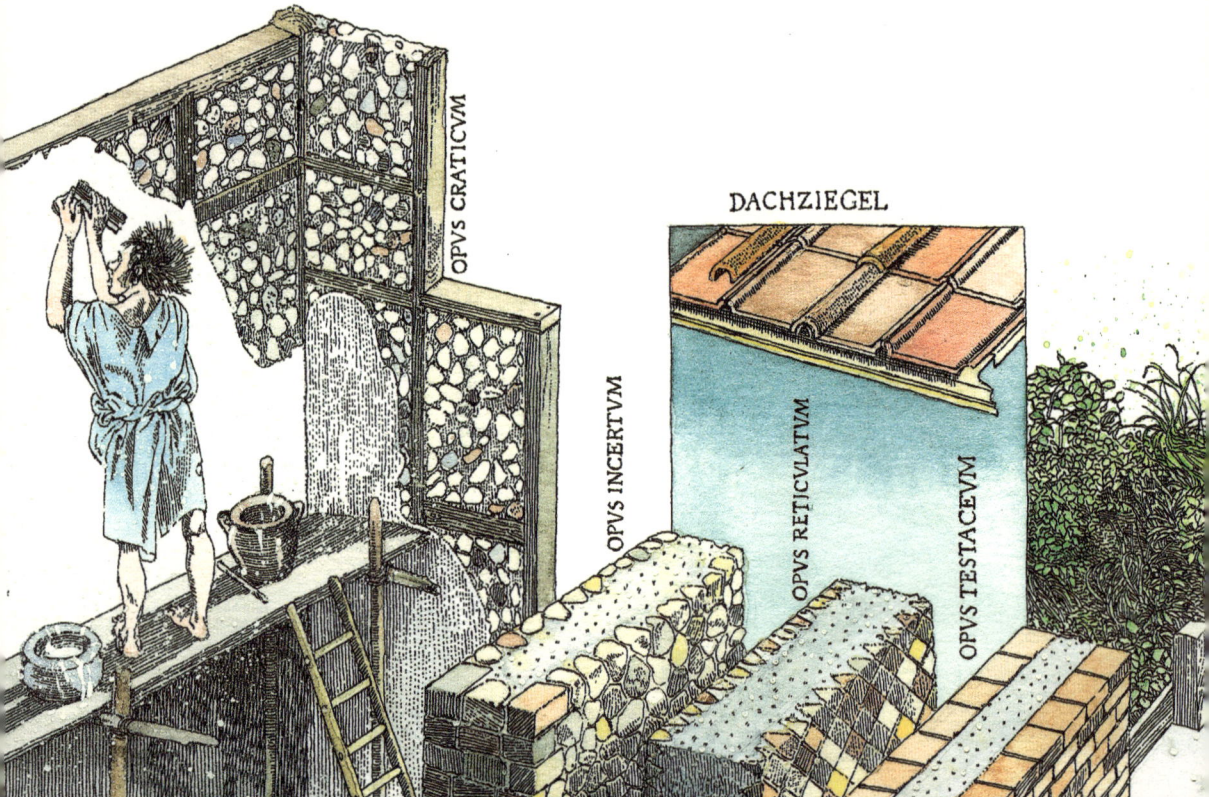

为什么莱茵河边罗马化如此严重？

我们必须再次说明奥古斯都统治下的罗马帝国有多么庞大：除了非洲北部海岸的一小部分地区（今天的摩洛哥和利比亚）当时还是独立的，此外地中海周围的所有国家都从属于罗马帝国。

在执政时期内，奥古斯都还占领了一些具有重要战略意义的地区——如在伊比利亚半岛或巴尔干半岛上的地区。但他的外交政策的实际目的并不是去侵占新的领地。他其实是想以此保障这个庞大的帝国，抵抗外部侵略者，对抗行省中的叛乱。由于边缘行省是他真正的政治势力基础和金钱来源，所以从公元前27年到公元前13年，他主要是在那儿度过的。

然而，罗马人如何在这样一片庞大的地区宣称自己的统治权呢？公元前16年苏甘柏族战胜罗流斯的例子就说明了，莱茵河作为罗马与日耳曼尼亚之间的界线并不稳定。如果人们把它缩短，那么就能更加容易地来维护这条界线。但奥古斯都无论如何都不想因此失去任何领地。他必须马上想出一个对策来，所以公元前16年他亲自去了高卢。

在公元前27年，他就已经将高卢划分为三个部分——阿奎丹高卢行省（GALLIA AQUITANIA）、比利时高卢行省（GALLIA BELGICA）、里昂高卢行省（GALLIA LUGDUENSIS）。他派了六个军团前往高卢，主要驻扎在莱茵河沿岸——也就是沿着与日耳曼尼亚之间的界线。因此，每隔50到100千米就有一个驻留地，从南到北分别是：巴

第二章 皇帝来到莱茵河边!

西利亚(巴塞尔)、阿根图拉特(斯特拉斯堡)、诺维奥马基(施佩耶尔)、博尔贝托马古斯(沃尔姆斯)、莫根提亚肯(美因茨)、科富伦特(科布伦茨)、博纳(波恩)、诺瓦伊西乌姆(诺伊斯)、阿喜布尔基乌姆(莫尔斯-阿斯贝格)、维提拉堡(克桑滕)、乌尔皮亚-瑙维欧玛古斯-巴塔沃卢姆(荷兰的奈梅亨)。

为了使军队能够迅速到达目的地,良好的运输线路也是不可或缺的。阿格里帕任高卢行省长官时,就已经开始在莱茵河沿岸修建道路。在奥古斯都的领导之下,人们修建了道路,将要塞、早期的固定居民点和均匀分布在郊外的农庄连接起来。这些道路由工程师们测量,尽可能地被建造成直线的。在长长的、笔直的路段之后会有缓和的转弯道。许多当时建造的罗马道路十分牢靠,到了20世纪仍然

能够使用。

但奥古斯都在他的行省中停留了这么多年是有另一个理由的。他建立了一个精妙的体系，用以征收税费。这些税一部分流入了罗马帝国的国家金库，一部分流入了奥古斯都自己的小金库。据说，他在去世的时候，留下了共计6200多万第纳尔的财产——这可以换算为约25到30亿欧元。每一个成年人都必须支付人头税，另外还须为房产和地产支付财产税。人们定期进行地产和房产的估值以及人口普查，这样税务征收官员就不会遗漏任何人。每年圣诞时，我们也一再听到与此相关的一句话："当那些日子，该撒亚古士督有旨意下来，叫天下人民都报名上册……"

相应地，罗马行省中的居民们也有所获益。罗马人用坚实的道路将他们的城市、定居点和军营连接了起来。稳定常驻的罗马士兵也意味着不受外敌侵扰，罗马的法律体系也意味着日常生活的安定。行省居民甚至可以成为罗马公民。但这并不意味着奥古斯都对当地居民有特殊的照顾。他们在他的眼中不过是棋局中的棋子——人们把他们放在需要的地方。"强制性迁移"至今仍是专制政府的一种重要手段。那什么是"迁移"呢？一个部族的所有人口必须在几天内打包他们的全部家产，离开他们的故乡，在另外的一个地方定居。这个地方离他们原来的家乡可能只有10到20千米远，也可能有1000千米远。他们对他们周边的环境一无所知，也失去了与邻人的联系。在新的环境中，他们无依无靠，孤立无援。因此他们对将他们移居此地的政府依赖度极高。

对于奥古斯都来说，这意味着，他可以将长久以来对罗马人十分忠诚的那些部族移居到靠近边界的地方了。比如日耳曼的乌比尔人,他们原先生活在莱茵河右岸地区,但常与那里的日耳曼邻族们发生矛盾和冲突。因此,他们与罗马人结盟——阿格里帕就已将乌比尔人迁移到了莱茵河左岸地区。公元前38年,在这片原先为古凯尔特奥比都的地方又产生了一个新的定居点,这片定居点之后又发展成了科隆。

在莱茵河腹地,罗马人也十分活跃,尤其是在莱茵河中游的西侧地区,也就是科隆以南地区,今天的莱茵兰-法耳次地区,荷兰南部以及比利时北部地区。

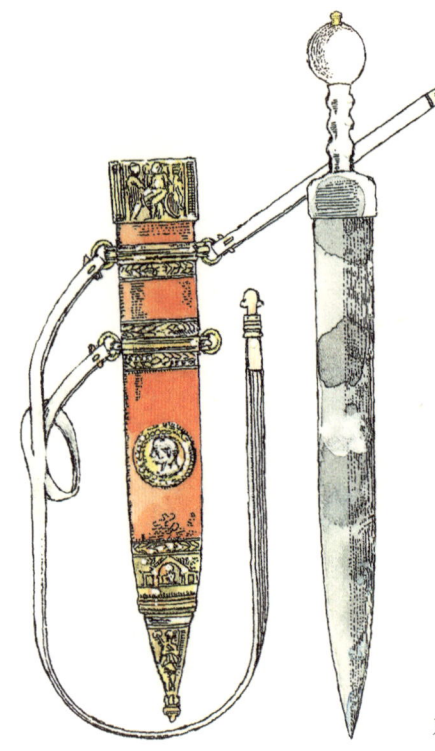

奥古斯都大帝在为他的比利时高卢行省的一个新基地寻找有利的位置。他发现摩泽尔河沿岸地区的交通条件极佳,而特雷维尔人已在那里居住。特雷维尔人是一个凯尔特部落,恺撒在征战时期曾两次将之击溃。公元前16年,奥古斯都在此地建立了一个新的基地,并结合其原来的名称为它取了一个新名字:奥古斯都大帝的特雷维尔城(AUGUSTA TREVERORUM),我们现在将它叫作特里尔。

特里尔那宏伟的城门黑门(Porta Nigra)、皇宫大殿和巨大温泉浴场的废墟仍保留至今。但这些奢华的罗马建筑全部是在罗马帝国晚期建成的,即公元2到4世纪。奥古斯都首先命人建造木房作为居住区。到公元前1世纪末,罗马人在莱茵河河岸建造的几乎都是木头和黏土框架的建筑。

不仅仅是军营和定居点中大兴土木,在田野中也发生了巨大的变化。在特里尔周围建起了数百个农庄——也就是所谓的VILLAE RUSTICAE。地主拥有大量工人和奴隶,可以大面积种植谷物、蔬菜和水果。在摩泽尔河边的斜坡上甚至可以种植南方植物,比如葡萄。但是罗马人最初禁止在那里种植葡萄,因为罗马的葡萄酒商害怕商业竞争。

充足的食品被生产出来，供给定居点和军营。人们依靠手工和贸易赚了大笔财富。起初是罗马人从事贸易，但当地居民很快接替并赶超了他们。

等一等——在寒冷的北方栽培来自于意大利的葡萄、水果和蔬菜种类？为什么奥古斯都要在靠近日耳曼尼亚的边界地区度过这么长的时间？他还得操心从欧洲北部到埃及的其他几个行省呢。气候发展史为此提供了重要线索。世界范围内的气候学家与横跨考古学界和生物学界的科学家们共同协作，研究这一学科。

在进行考古挖掘时，借助着地层和冰层钻孔技术（如在格陵兰岛上），他们对过去几个时期的沉积物进行了研究。他们在其间寻找着当时气候的证明，冰层中包含着关于其产生时期冬季寒冷程度的信息。地层中的许多小小的花粉种子说明，在温暖的季节里主要有哪些植物生长蔓延过。

考古学家们对于公元前50年左右的时期下了一个十分重要的结论：当时发生了一次气候变化，欧洲北部因此明显变暖，甚至比我们今天的欧洲北部更加暖和。不仅有植物花粉可以证明这一点，还有北海海岸的遗留痕迹也可以证明。在那里，海平面升高，人们必须向内陆撤退。海平面上升意味着——就如现在也是这样——冰川融化。这些是因为北半球变暖了。

另外，这一发展对罗马人来说意味着，阿尔卑斯山上原本被掩埋的道路在冬天不再被积雪所覆盖，变得全年都可通行。如果人们想将阿尔卑斯山山口及阿尔卑斯山北部地区收入囊中，这就是一个决定性的因素。早在公元前25年，罗马人就已经控制了大、小圣伯纳德（位于今天的瑞士）以西的阿尔卑斯山山口。现在东边的山口也已归属于罗马人，如重要的勃伦纳山口。因为奥古斯都的下一道命令就是：征服阿尔卑斯山北麓！

**考古学——
一颗小小的花粉
种子可以说明一切**

过去，考古学家们并不怎么重视生物出土物。现在，考古生物学家们，即学习过生物学知识的考古学家们，和地质学家们利用起了这些埋藏在地下的关于过去的信息。随着沉积物的形成，千年之前的孢子、胚芽和花粉也在土地中沉积了下来。它们又随着考古学的挖掘工作重见天日，被人们发现。地质学家们可以通过土地和沉积物的构成来得到许多有关千年之前周边环境的信息，考古生物学家们也可以通过分析孢子和胚芽来探究千年之前的环境：气候状况、植被状况和人类影响下的地貌变迁。

为此，大帝将他的两个继子德鲁苏斯和提比略任命为将军。他们率领自己的军队从两个方向向南巴伐利亚进军。今天我们已经很清楚那个时期的行军驻地和军团营地，据此可以较准确地推测出这两支军队的行军线路。我们甚至可以找出每一支军队：在一片开阔地带，考古学家们发现了一个第19军团所使用的掷石器前端，上面有军团印章；在军团营地旦恩斯特腾，考古学家们又发现了一块青铜薄板，上面盖着印章XIX——罗马数字19。

在德鲁苏斯的领导下，一支罗马军队从南部、从波河平原出发，跨越勃伦纳山口，翻越阿尔卑斯山向前进发。同时，提比略率领着他的军队从高卢出发，向着阿尔卑斯山北麓前进。在此期间，他们成功横渡过莱茵河，到达博登湖，在水上击败了当地的战斗部队。最后，这两支罗马军队在莱希河上游汇合，又沿着河岸向北行军约50千米。在那里，在罗马帝国的北部边界，名叫"AUGUSTA VINDELICUM"的主军事基地建立起来了，也就是今天的奥格斯堡。

在一年之内，这两位将军结束了这一军事大行动。这一整片地区之后被整改为罗马的雷提亚行省，有着军营、罗马定居点、道路以及罗马式农业。

专家之间的争论：他想还是不想？

这仅仅是更进一步的、更宏大的计划的开端吗？我们要再一次提醒自己，奥古斯都领导下的罗马帝国的对外政策并不是去征服新的地区！因此，奥古斯都一直待在高卢这一点真的是一场新的征服日耳曼尼亚战役的开端吗？长时间以来，学者们对这个问题都没能达成统一意见。这次，这一争论并不是发生在历史学家和考古学家之间，现在争论的战线打破了这两个阵营。

一部分学者说道：是的，一切都可以证明，罗马人从公元前16/15年起就抱有征服日耳曼尼亚并将之变为一个行省的目标。他们计划从西部向易北河挺进，试图穿过波西米亚森林到达瑞特人的多瑙河岸。奥古斯都将所有的征服战争都托付给了他的家族成员。因为这应当成为他的"个人成就"："我征服了日耳曼尼亚，并给那里带去了和平！"

另外的历史学家和考古学家就反对道：不，罗马人从来都没有表明过他们有将日耳曼尼亚完全征服的目的。为什么他们会想将"GERMANIUM BARBARICUM"，即将这个野蛮的、文明缺失的日耳曼尼亚变成一个行省呢？当时的罗马帝国并不需要新的征服地，诸多行省已经为皇帝和罗马元老院提供了充足的收入。也有足够的地域来充当军队和其指挥官、未来的元老院议员的保留地，即巴尔干半岛以及近东。同样还因为，即使没有征服战役，日耳曼人也已经在莱茵河沿岸给罗马人制造了不少麻烦了。罗马的皇帝和将军们在与日耳曼尼亚交界处一直只用以下方式来应对当时的情况：扩张，巩固边界，时不时地还有撤退。

所以，占领雷提亚可能只是一次计划明确的行动。其目的是为了持久保护意大利北部居民免受阿尔卑斯山居民的袭击。但另外还有一件小事：除了新的卫戍部队驻地之外，奥古斯都还下令建造了两个重要的阅兵广场和补给营，即莫根提亚肯和维提拉，分别位于今天的美因茨和克桑滕。用于阅兵和军队补给的营地？因为奥古斯都暗中另有计谋。

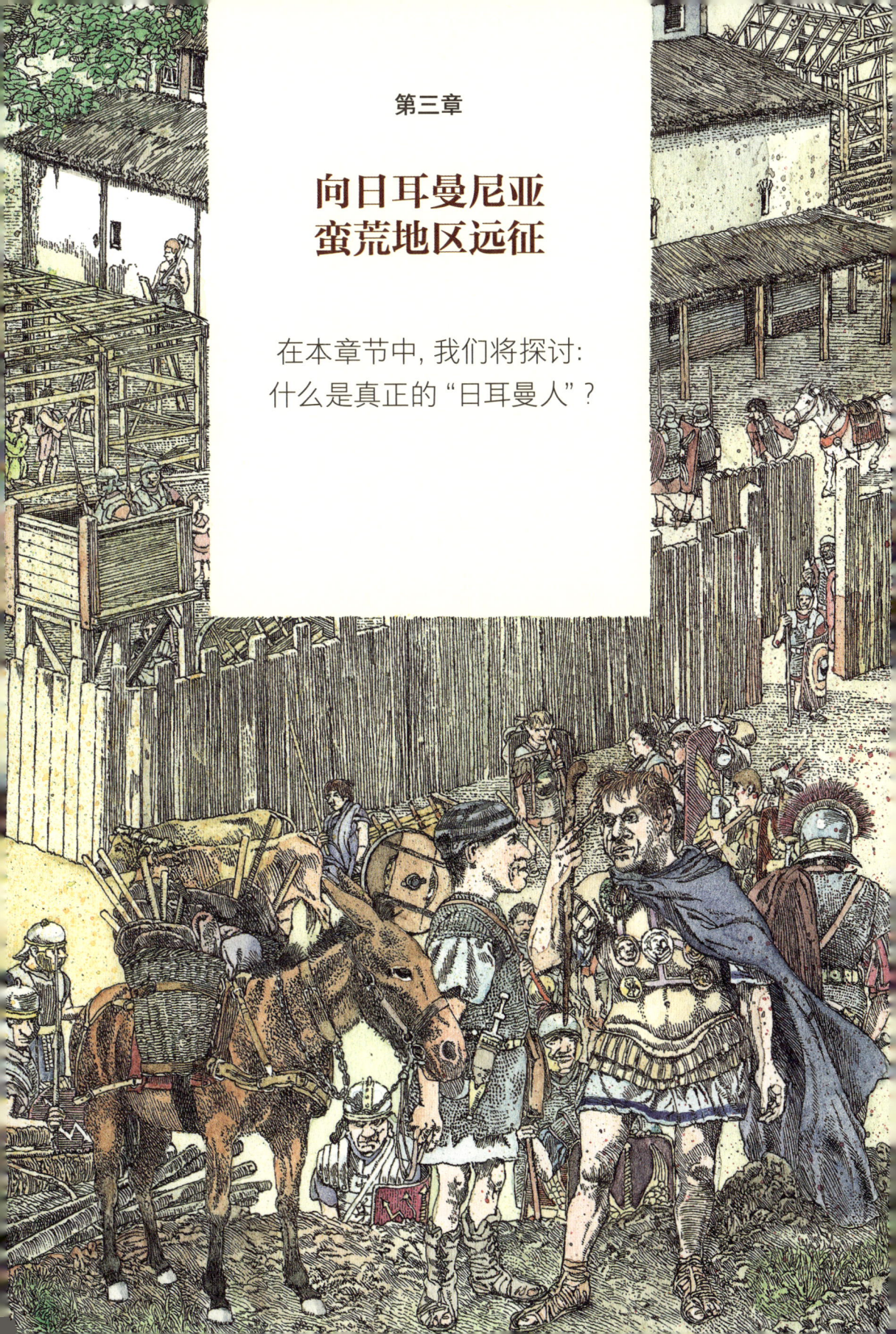

第三章

向日耳曼尼亚蛮荒地区远征

在本章节中，我们将探讨：
什么是真正的"日耳曼人"？

公元前13年，罗马的先遣部队登上了位于莱茵河西岸的一片楔形高地，位于科隆北部60英里（88.8千米）处。站在高地上，人们可以辨认对岸的情况，看到利珀河在那里汇入干流。在这个具有重大战略意义的地方，德鲁苏斯立刻下令建造了一个双军团营地。罗马人将之称为维提拉堡（旧军营）。这要么暗示出这里曾有过早期罗马定居点，要么说明罗马人在此之前已经在这里建立过行军营地。此时，第18军团，可能还有第17军团，将在此驻扎。这两个军团后来会和瓦卢斯一起走向毁灭。

今天，这片高地被称为"福斯坦堡"，上面的罗马军营被称为"维提拉堡一号"。它位于后来有着自己的神庙和竞技场的罗马城市克桑滕东南两千米处。因为它并没有被拆除，考古学家们才能够在这里发掘出902米×621米的巨大堡垒的残垣以及其他的营地。

几个星期之前，奥古斯都又启程返回了罗马。他将他的继子德鲁苏斯任命为将军，接替他的职务。德鲁苏斯此时26岁。然而，他享有6个军团的最高指挥权，并且担负着一个艰难的使命：他应该"推进"与日耳曼尼亚有关的事业——我们不知道奥古斯都当时给他下了什么具体的命令。无论如何，使这个任务更加有争议的是，德鲁苏斯显然是一个性情暴躁的人、一个好斗的莽汉。在德鲁苏斯掌握总指挥权的那个晚上，他的旧部将就立刻对新来的士兵们说道："你们要知道，肯定会有更大的损失的！"

德鲁苏斯给军队下达的第一个命令是继续巩固维提拉堡军营。这需要大量的木材，附近的所有森林都被砍伐了。因为士兵们建造的不仅仅是约3000米长的木头-泥土墙。营地里的建筑也主要是由木头和黏土框架建成的。另外还有一项需要更多木头的特殊任务：士兵们开始造船。

古希腊罗马时期的作者们描写道，船队最终包含1000艘船只。"1000艘船"——他们用这个概念仅仅是想描绘出这支船队的庞大规模。因为恺撒曾率领1000艘船只前往不列颠群岛，之后日尔曼尼库斯又带着1000艘船出征。几百艘船在当时也已经是一个庞大的数目。但在船队完全竣工之前，苏甘柏人又于公元前12年春再度跨越莱茵河来袭。德鲁苏斯以部分兵力将他们击退，但他仅仅想给他们一个教训。

前往"新世界"的第一次征战

公元前12年8月1日，德鲁苏斯开始了他的第一次"惩罚性远征"。在现今的奈梅亨附近，他带着他的军队横渡了莱茵河，沿着东岸保持着一定距离逆流而上。这里是日耳曼族乌斯佩特人的地盘。他照着恺撒征战日耳曼尼亚时的方式毁掉了那里。接着，军队来到了利珀河。利珀河从莱茵河几乎向东延伸至条顿堡森林。在利珀河以南住着苏甘柏人，那里是这次惩罚性远征的真实目的地。他们的家乡包括利珀河与乌珀河之间的地区——现在的藻厄兰。一些语言学家说,"藻厄兰"这个名字可以追溯到"苏刚布里"。罗马人横渡了利珀河,并一路畅通无阻地前进。但这次与其他类似的征战情况相同,苏甘柏人避开了直接的正面交锋。罗马人摧毁了他们的村庄和田地之后又踏上了回程。

德鲁苏斯必须想出其他对策。当他带着他的军队回到维提拉堡的时候,船队中的一大部分已经建造完成了。等一等——罗马士兵也并不都是造船专家。他们怎么能够在远离码头和造船厂的地方这么快造出这么多船呢?这些船能投入使用吗?古希腊罗马时期的著作对此毫无记载。

复制建造尤利乌斯·恺撒的莱茵河大桥对实证性的考古学家们来说是一项十分庞大的工程。但一艘罗马人的小战船——他们能够做到!古代历史学家克里斯托夫·舍费尔是一位罗马船只专家。他和他的学生们已经复刻了一艘罗马橹舰,并计划再建一艘罗马内河战船。其样本模型是1994年在英戈尔施塔特附近的多瑙河河岸淤泥中发掘出来

的原型。那里过去是奥博斯提姆的罗马城堡所在地。在这里,考古学家们在潮湿的地基中挖掘出了公元1或2世纪的近乎完整的内河战船船体。然后他们将残骸保存下来,并将它修复成了它原来的样子。这艘船与我们现在所知的正常的有点儿长的划艇差不多,它长16米,宽3米。但它的船头似乎属于一艘罗马战用橹舰,因为它的上部末端是螺旋,下部则是舰艏撞角。这艘船有18个桨和一个巨大的方帆,这是一个简单的、长方形的船帆,迎着风向而立。

像今天这样,它也是借助着一个小窍门建造起来的。科学家们仔细测量了原型的船体内部空间,并按照其尺寸搭建了一个木头骨架。接着,学生们和学徒们就只是将木板一条一条地搭在这个骨架上来建造船

罗马的内河战船

从前有捕鱼或摆渡用的独木舟,就像石器时代时那样。厚木板建造的船则用作运货驳船和战船。运货驳船有30米长,较为低矮,且很宽。这样的设计使它们可以运载很多货物(最高达100吨)。人们可以用船桨撑船(用一根长篙),或用纤绳拉船——即以人力和骡子在岸上用身子拉船。

除了小型的侦察船和大型的船队之外,还有战船。它们长21米,宽3.3米,吃水深度只有70厘米。除了实验考古学家们复制出来的内河战船之外,可能还有另外一种类型的船。它看起来就像我们在许多罗马人电影中看到的大型作战橹舰的缩小姊妹版。这些船较为棱角分明,有很高的船舷,从船舷处支出许多呈上下两排重叠排列的船桨。船的前端有一个舰艏撞角,中间竖着一根很高的桅杆,上面可以悬挂一面很大的方帆。

体。首先是搭建舱壁,即船的横向部分,最后是用树脂来密封船体。这种压实施工法在罗马人中间也十分盛行,因为大部分军团士兵并没有学习过造船。只有在使用的工具上,科学家们没有坚持参照历史:今天的学生们和学员们使用的是来自于修理工市场的电气工具,而不是刨刀、锯子、锤子和铁叉。

这艘船于2008年春天下水。这艘船的运行是一个真正的实验考古学案例。因为考古学家们已经知道,这样的船的外观是什么样的,它们是如何建造起来的。但他们不知道的是:它们能在甲板上承载多少人和多少物资?它们是否便于操纵?当时的河流并不是笔直的,也没有被河坝所拦截,都是原始的河流,经常改变它们的河床。罗马船只能在这样的河中以多快的速度前行?另外,使实验考古学家们十分感兴趣的是:它们也能在无须反向转动的情况下在开阔的海上航行吗?

潮汐与土丘之地

他的远征战争的第二段将德鲁苏斯的船队带到危险的

北海海岸。那里危险不仅仅是因为狂风巨浪，还因为有涨潮和落潮——来自地中海地区的罗马人并不了解这一现象。公元前 12 年，德鲁苏斯的船队就从维提拉堡边的莱茵河河岸起航了。航线的前一阶段十分简单，船仅仅是顺流而下。但船队并没有从莱茵河三角洲进入开阔的北海——罗马人并不想一开始就和野蛮的斗士交战，比如居住在那里的巴达维人。相反地，他们开辟了从莱茵河支流到弗莱福湖（Lacum Flevo）——今天的艾瑟尔湖——的运河，并从那里到了浅滩。直到今天，人们也没能弄清运河的具体位置。但就如莱茵河大桥的情况一样，这里也存在着疑点。这真的可行吗？至少还有一个项目可以与之进行对比。查理曼在 793 年左右下令命人挖了一条中世纪的美茵河-多瑙河运河，考古学家们当时已有能力来重建这条运河。用斧子、铲子、篮子和足够的劳动力，真的可以挖出一条运河吗？但这也需要很长时间和完善的规划设计：最有利的位置在哪里？必须要挖多深？

根据罗马历史编纂者所述，船队经由这条运河成功抵达了艾瑟尔湖，然后进入北海。它们绕过了一部分西弗里西亚群岛，继续前行进入开阔的埃姆斯河河口。幸亏这些船只吃水仅有 50 到 70 厘米深，这在海岸浅滩处十分有利，因为它们可以在退潮时最浅的河道中航行或干脆搁浅。这支船队并不是用于战争的，它们起到的是运输单位的作用。它们将陆军战士带到海岸边或是浅滩上，包括步兵部队和骑士团。

在瓦卢斯战役 60 年后，老普林尼在皇帝维斯帕西安和提图斯统治下的日耳曼尼亚担任军官，后来他成了著名的自然学家和作者。他曾描述过罗马人和日耳曼人在北海海岸相遇的情形："以河为界与陆地隔绝、只能经由易北河到达的地方居住着一个贫穷的小民族，考肯人。他们在海边

建筑小屋并从事捕鱼。他们无法饲养家畜,也不能像他们的邻人那样用牛奶来补充营养。……他们用海藻和草编成绳子,并将之编织成渔网用于捕鱼。他们亲手挖取淤泥,并将它们风干,而非晒干。他们燃烧这些泥炭来烹饪食物,来温暖被北风吹僵的四肢。他们只饮用雨水,他们在房屋前厅的井中贮藏雨水。这些人们声称,如果罗马人今天战胜了他们,他们就变成了奴隶!确实如此,命运饶恕了他们,只是为了惩罚他们。"考古学家们在于现今的不来梅港与库克斯港之间的海岸边发掘出一片叫作费德森土丘的日耳曼定居点时就想到了这段话。

所谓的土丘就是人工堆出来的高地,现在在北海-沼泽岛上还能见到它们。在公元前几世纪中,北海海岸线后撤,人们向内迁移到了看起来较为安全稳定的沼泽地带上,在那里建造了房屋和乡村。费德森土丘是一片天然平坦山

坡，在公元前100年到50年之间人们在上面建造了第一批房屋。但之后海平面又上升了——每年上升几厘米，但趋势不可阻挡。秋冬两季的海啸越来越频繁地将周围 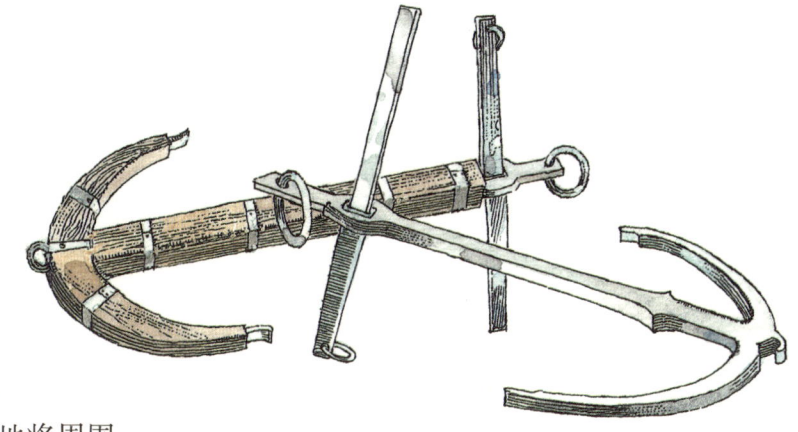 沼泽地淹没，也常侵袭居民点。因此，那里的人们发明出一种技术，将他们的居民区往高处建。他们会最多每隔30年重新建造房屋，在重建之前，他们会用粪堆、黏土或草皮做成块状，堆成地基。所以首先产生的是小型的中心高地，在之后的几个世纪内扩展成一个半圆形的高地村庄。

然而，考古学家们实际上在2000年后的这些房屋中还发现了什么呢？如果他们让人将这些几世纪前就已经废弃，但依然能一直看见的高地用推土机一层一层地推除，他们将看到的只不过是房屋的平面。或者确切地说，他们能找到的是均匀分布在地面上的洞。这些房屋的柱洞给考古学家们提供了有关建筑的建造时期、平面图和功能的信息。房屋的承重骨架是沉重的木柱，它们被深深地埋入地中。据猜测，墙是编织物构成的，上面被涂抹上了黏土。自从人类在公元前2500年左右开始发展农业时起，那里就已经有柱子结构的房屋了。公元前12年左右的房屋长10到20米，宽4.5到6.5米。在内部，隔板将房屋分为居住区、贮藏区、圈棚。另外还有小型穴屋，男人们和女人们可以在里面从事手工劳动，如纺织、锻造或雕刻。

因为缺少耕地，或者说由于时不时的海水泛滥而使土地盐分过高，人们更愿意在海岸边畜牧，主要是牛，但也有绵羊、山羊和猪。为什么这些动物圈棚位于农舍中？因为在冬天，这些动物能够使房屋内部暖和起来,这一点尤其重要。而内地的情况又与之相反,那里有更多耕地,所以家畜较少。

考古学家们在现今的梅彭附近的埃姆斯河河岸发掘出了一处日耳曼聚居点。公元前12年,德鲁苏斯可能带着他的军队经过了此地。这个聚居点仅有三个院落组成,每个院落仅由一道篱笆围起来。主要的建筑为一个柱型结构的农舍,周围围绕着小型的穴屋:工作坊和仓库。然而这里也有问题,但不是水让农民们受不了,而是土地。不同于德国中部肥沃多产的黄土性土壤,德国北部和东部的土壤是只有一层薄薄的腐殖层的砂质土壤。日耳曼人用一个简单的木犁开垦地面,风和雨水很快就开始侵蚀丰饶的土地。为了避免这种情况的发生,埃姆斯河岸的农民们用石墙或土墙将他们的长方形土地围起来。种什么呢?除了豆子、豌豆、兵豆之外,主要种植如小麦、大麦、黍麦、黑麦和燕麦这样的粮食。人们用这些粮食制作出主要的食物,每天都有燕麦粥和硬面包,作为补充还有浆果和其他采摘自周围大自然的水果。

在重新统一之后,考古学家们在德国东部也发掘出了

数量更多的日耳曼时期的农庄和村庄。这里的庄园同样由中厅和其附属的穴屋共同组成，这些穴屋主要作为手工工作间和仓库来使用。在建筑方式方面存在着地域差异——但这些聚居点中的中厅都差不多大小，没有特大型的地主庄园。在这个阶段，这些日耳曼人的地位显然都是平等的。考古学家们不能理解的是塔西佗等罗马作家们对于其景色的描写。他们一再将之描述为"树林与危险沼泽之地"。但实际上，此前的2500多年以来，农民们就已经在日耳曼尼亚定居并开垦土地了。

回到海岸边的日耳曼人——考肯人和弗里森人。他们居住在较为分散的农庄和小村庄中——他们没有时间聚集起来。德鲁苏斯先在西面击败了弗里森人。弗里森人被罗马人的强势所震惊，迅速投降。德鲁苏斯与他们订立条约，这样军队可以继续沿着埃姆斯河向上游进发，侵入考肯人的领地。只是因为冬天即将到来，罗马人又回到了莱茵河边。我们只能依靠古希腊罗马时期的书籍中的描写来获悉有关战争过程的信息，其中存在不准确之处。德鲁苏斯的第二次远征的情况就完全不同了。考古学家们在这里证明了自己的价值。

总在利珀河边

德鲁苏斯第二次征战的故事很快就可以讲完：他率领他的军队横渡了莱茵河，打败了居住在利珀河北岸的乌斯佩特人。然后罗马人又穿过利珀河，横扫了苏甘柏人的领地。在利珀河以南，军队继续向东行，到达威悉河，进入舍鲁斯克人的领地。在晚秋时，他们没有回到莱茵河边，而是在利珀河边搭建了一个军营，并在那里过冬。

在过去的 100 年内，考古学家们在利珀河沿岸发现了好几个罗马军营，像一串珍珠。它们相隔 20 到 40 千米，分别位于霍尔斯特豪森、哈尔滕、上阿登、安雷彭。但这并不意味着这些军营都是同时产生的，也并不说明它们有着相同的功能。在霍尔斯特豪森（靠近多斯滕），罗马人建造的是纯粹的军营，每次只用于短期住宿（之后更多用作行军军营）。考古学家们可以在这里的地面中发现七个不同军营的遗迹，它们存在于公元前 11 年到公元 15 年这段时期。而其他营地是所谓的"木土营"。这意味着它们不仅仅由壕沟和一道墙包围着，在内部还有用木头和黏土建造的房屋。人们建造这样一个营地，可不仅仅是为了在其中度过一个周末。

等一等——考古学家们是怎么在 2000 年后发现这些罗马军营的，他们是怎么来研究这些军营的？这完全取决于，他们是在寻找一个特定的地点还是他们是偶然发现的？他们会在建造一条街道或开采一个坑洞时偶然获得考古学发现。在上阿登这个例子中，学者们是在寻找一个在古书中描写过的、十分确定的罗马营地。历史学家卡西乌斯·狄奥提到，这个军营位于埃里松河的河口。从 19 世纪末开始，乡土学者们就猜测埃里松河指的是现今流经吕嫩和贝格卡门之间汇入利珀河的瑟瑟克河。

接着，考古学家们就面临着下一个问题：他们到底应该搜索哪里？在不稳定的环境中，人们不会把营地或者居住区随便建在一个地方，而是要建在始终受到保护的地方——比如在高地上。只有当人们不受海盗和其他入侵者威胁时，他们才直接在水边造房。所以，罗马人很有可能没有直接在利珀河边建造他们的营地，而是建在一个山丘上。这样考古学家们才能够找到它。这次是一位乡土学者找到了它。1905 年，一位名叫奥托·普赖因的牧师发现了位于利珀河以南 3 千米远处一片高地上的吕嫩军营的第一批线索。它被当地人称为"堡山"。

整个 20 世纪，这里一再被挖掘。渐渐地，这片营地的完整规模就变得明晰起来了：它是一个沿着高地边缘建造的多边形营地。它的面积共计约 860 米×700 米——等于 73 个足球场大小。上阿登军营是罗马人在阿尔卑斯山北部地区建造的军营中规模最大的。

考古学家们在营地西北部的木土墙所在位置也挖出了几条保存完好的橡木柱子。它们之所以能够经受住 2000 年岁

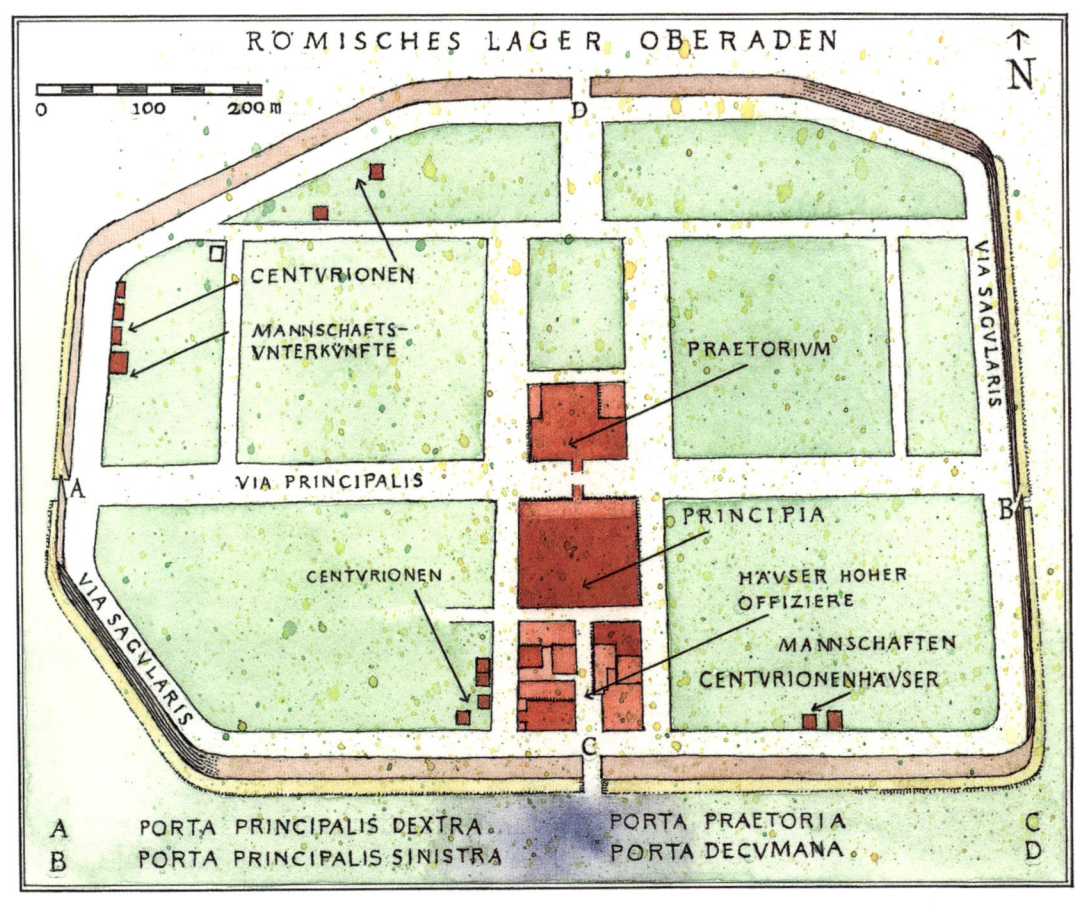

树轮年代学——读年轮的技巧

可以确定木质出土物年龄的最可靠的方法就是现在所说的树轮年代学，这是年轮的日历。所有的树木在年复一年的生长过程中都会形成可以明确区分的年轮。每道年轮的宽度与天气情况及树木生长地有关。年轮在干燥的夏天和严寒的冬天比较细窄——从所有德国南部的树木都可以看出1976年的夏天非常热。年轮会在实验室中被精确地测量，并用年轮曲线来表示：年轮越宽，年轮曲线的波动就越大。除了一些细微的不同之处，同一时期的树木的曲线大体上呈现出同一独特的样式。人们会将年幼树木和老树的年轮或木质出土物的年轮进行叠加，寻找相同的连接点——这样就产生了一幅无尽的年轮曲线图。哥廷根大学已经为德国北部地图制作出了一份可以追溯到公元前8000年的年轮年表。

月的侵蚀，是因为这里的土地十分潮湿。在干燥的土地里它们早就已经腐烂了。这样的橡木柱子是所有考古学家梦寐以求的——因为在它们的帮助下，建筑的时间点很容易就能确定下来，它们就像建造者在那里留下的一本日历。

这片营地是公元前11年夏末建造的。士兵们挖了一条宽5米、深3米的壕沟，迅速划定了营地的边界。他们将从地里铲出的土堆成一面高3米的墙，并加上木柱来支撑墙面。墙上开了四扇城门——每个方位各有一扇。尽管所有建造工作十分紧急，这个营地的内部却不是一个临时的帐篷城。不，考古学家们发现，这片营地是一个真正的小型城市，其中长方形的因苏拉式（Insulae）住宅区以严格的顺序排列，罗马人在他们的城市中也喜爱建造这样的住宅区。

从南城门出发，有三条街道经由公共建筑、一个酒馆和高级军官的房屋通向中心建筑指挥总部（Principia），它是军官们和其他重要高级军官的司令部，长103米，宽96米。在巨大的内院中有一个奢华的花园，花园周围是藤蔓小径。高级军官们身处敌境内部，显然需要营造一片使他们感到舒适的世外桃源。

在指挥总部背后，位于营地中心的是总督府（Praetorium），是军团司令的官邸。从这里出发有道路通向多个士兵宿营地。所有宿营地的布置都是相同的。在营地城墙的背后有一条内部小路，小路边是百人队的房屋，属于普通军官。在百人队的房屋和士兵的兵营之间是公共设施：喷泉、浴室和厕所。

再往北一些，考古学家们在利珀河岸还发现了军营的码头，它带有防御工事，就是一座通常所说的河岸堡垒。当时，罗马船队的首要任务就是运输补给品。不断有船只从克桑滕出发，为营地提供食物和其他的物品。

营地的巨大规模说明，德鲁苏斯不仅仅是想在此地过冬，他有大计划！营地南面是不愿屈服的苏甘柏人的领地，他们在过去几十年中给罗马人多次带来了麻烦。德鲁苏斯显然是打算对他们穷追不舍，步步紧逼。北方从上阿登营地出兵，西方从克桑滕营地和诺伊斯营地出兵。其作战行动的目的是，通过进攻和劫掠来大大削弱苏甘柏人的实力，迫使他们迁移。罗马人希望可以在另一个环境中驯服这一难以驾驭的反叛部族。

罗马人在第一年是否只是削弱了苏甘柏人的势力，还是已经开始了初步的强制性迁移，在这一点上众说纷纭。无论如何，这一行动持续到了公元前8年或公元前7年，并且获得了巨大的成功，至少在罗马人眼中是这样的。从德鲁苏斯开始，或从他的后继者提比略才开始，苏甘柏人被迁居到下莱茵河岸边——但这只有在强制胁迫下才会发生。据说当时被迁的有40000名苏甘柏人——一次小型的民族迁移。

在此，又出现了关于罗马人此次行动目的的问题，他们是想维护边境的安宁稳定吗？还是想通过从霍尔斯特豪森经由上阿登到安雷彭的军事基地来推动建立一个日耳曼尼亚行省？罗马人至少想要明确侦察出"野蛮的日耳曼尼亚"（GERMANIA BARBARICA）的范围大小。他们已经确知西部、南部和北部的界线以及支路，但他们也想侦察出东边的界线。他们已经听说了那里的一条大河——阿尔比斯河，今天称为易北河。

第三章　向日耳曼尼亚蛮荒地区远征

寻找阿尔比斯河

　　公元前9年,德鲁苏斯从位于莱茵河岸边的第二个行军军营出发,开始了他的第三次规模浩大的远征,从临美茵河河口的莫根提亚肯(美因茨)出发。据说他穿过了夏登人、苏维汇人和舍鲁斯克人的领地,并遭遇了强烈的反抗。我们并不知道具体的行军路线——我们只知道目标:东部的大河,阿尔比斯河(易北河)。我们同样不知道,他和他的军队是不是先沿着美茵河逆流而上,再继续顺着莱茵河而下,然后转而驶入拉恩河的。

　　几年之前,考古学家们还在抱怨:我们没有找到任何一个此次德鲁苏斯征战的行军营地。但这一情况突然在2004年发生了大转变。考古学家们在汉诺威-明登东南方向约十千米处(卡塞尔附近)发现了一处罗马军营:赫德明登。赫德明登不只是众多考古学家们发现的罗马时代的军营中的一个。它是最东边的罗马军营,甚至已经完全位于日耳曼尼亚境内。它也是到那时为止唯一一个在下萨克森州找到的军营。

　　乡土学者们对这个位于韦拉河河谷边的圆形山峰也并不

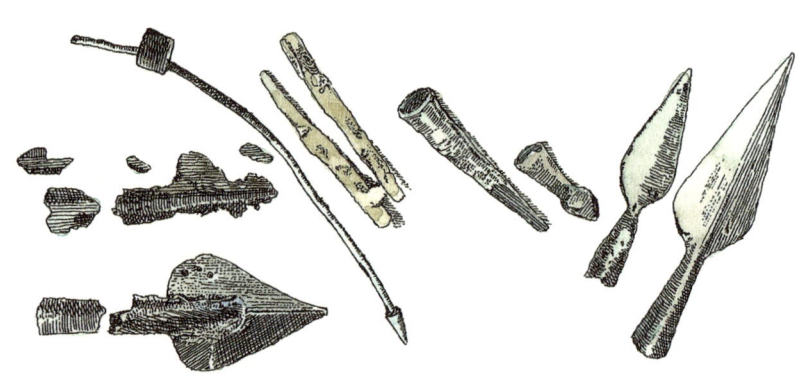

是完全不熟悉。它的环形围墙至今还能辨认出来，被人称为"许能堡"。人们猜测这里是一个日耳曼人的避难城堡。但有流言越来越频繁地传入考古学家们的耳朵，说盗墓者们在那里挖到了罗马的金属制品：硬币、武器和劳动工具。他们对此进行了追踪调查，很快发现这是一个罗马军营的标志：这些壕沟围成了一个长方形的形状（320米×150米）。所有的证据都表明，在这些壕沟后面曾建有一堵木土墙，在墙中也能够找到典型的四扇城门的痕迹。

搜索的力度大大加强，获得的结果也给人留下了深刻的印象。尽管盗墓者们已经在这里进行过采掘，考古学家们还是在2004到2007年间从地里挖掘出了1300多件金属物品：矛尖等大量罗马铁制武器、铁制的帐篷桩、三枚银币和大量铜币——于公元前16年到公元前8年间铸造。在这里也发现了木头残余物，可用于判断日期。尽管没有适合用来年轮定年的木柱，但发现了足量的有机材料，可以进行放射性碳定年法。结论是，这些出土物属于奥古斯都时代。

这明确证明了，德鲁苏斯和他的军队选择了一条东北方向的线路。从那里到易北河的直线距离为150千米左右。今天，人们猜测他率领着他的军队继续向下萨克森南部进军，绕过了哈尔茨山脉，最后遇见了这条巨大的河流。人们不会将它和日耳曼尼亚东北部的其他任何一条河流相混淆。

在远征过程中，德鲁苏斯的军队遇到了许多部族：弗里森人、考肯人、乌斯

碳14定年法

碳14定年法或放射性碳定年法，也被称为原子日历。用它可以测量历史材料的年龄——但只能测量有机物质，即植物或其他生物。因为在这些有机物质中会积累碳（C），除了普通的C_{12}外，还有放射性的C_{14}。这种放射性的碳同位素C_{14}也会在空气中通过宇宙射线形成：在大气中宇宙粒子和氮原子相撞的地方就会产生C_{14}。C_{14}同位素立刻与氧气结合，形成二氧化碳。这些CO_2会被植物吸收，进入其细胞中。这些植物会被动物食用，这些动物又被其他动物吃掉，最后被人类吃掉。C_{14}会在有机体内衰变，碳同位素的衰变会释放出放射性射线——在活着的人体内约每秒16000次。因为有机体会通过进食和呼吸持续摄入C_{14}，C_{14}的总量总是保持恒定的。只有死亡才会改变这一状态，因为有机体死后就没有新的C_{14}再进入体内了。

这是放射性碳的时钟就开始计时了，在体内残留的C_{14}随着衰变变得越来越少。在5730年后就只剩下了一半。如果人们从一个刚死亡的有机体中取出一克碳，它将以每分钟约16次的频率放出放射性射线；如果这个样品已经有22000年的历史了，那么它就只有每分钟一次的频率了。只有在40000年后，C_{14}的浓度才变得过低，不能用来准确测量出土物的年龄了。

第三章 向日耳曼尼亚蛮荒地区远征

石器时代、青铜器时代和铁器时代

在19世纪初，考古学家们整理了当时已经挖掘出来的出土物（主要是从墓穴中挖掘的）：石斧、刀和剑、腰带扣、镰刀，以及更多的石斧、斧头鞘、犁和石箭镞。他们直接按出土物的材料来划分时代：石器时代是从约250万年前第一批使用石制工具的早期人类（猿人）到约5000年前。石器时代——约公元前250万年到公元前3000年。

后来，人们学会了使用金属，并制造出了第一批铜制工具和武器。不同地区对青铜器时代的划分不同。在近东为约公元前3000年到公元前1000年；而在西欧约公元前2500到公元前800年。

最后，铁器时代是在公元前800年左右开始，从意大利北部（伊特拉斯坎人）向北欧方向扩展的，原则上来说持续到了今天。不同地区对铁器时代的划分也不同。在近东从约公元前1000年开始；在西欧从约公元前800年开始。

佩特人、苏甘柏人、夏登人、舍鲁斯克人、马西人、赫门杜人——他们都属于日耳曼人。等一等——到底什么是"日耳曼人"？人们常常提到和书写有关"古日耳曼人"的故事。有一些考古爱好者和观点激进的人甚至声称日耳曼人在很久之前就已经发展出了北方的高级文化。但至少可以肯定的是，日耳曼人是我们伟大的祖先。并且，在这里这一条仍旧适用，我们今天所知的有关公元前的日耳曼人的所有信息，都是从古希腊和罗马作者那里得来的。

希腊人发现了日耳曼尼亚这片地区。希腊的发现者们和商人们在公元前300年到公元前200年间进入了北海地区——寻找珍贵的琥珀。著名的埃拉托斯特尼世界地图也是在这一时期诞生的，地图中也包括了日耳曼尼亚的部分。（我们之后还将继续探讨古希腊罗马时期的地图。）但直到恺撒才开始采用"日耳曼人"这个概念来称呼这个民族。

考古学家能证实这些吗？德国北部的人们在公元前的几个世纪是如何生活的呢？至今为止，考古学家们只发现并研究了少数几个这一时期的居民点——青铜器时代早期的出土物数量更多。但也有一些地方，从青铜器时代一直延

续到罗马铁器时代，也就是公元元年前后。这些地方除了少数是献祭场所外，主要是墓地——比如在勃兰登堡的兰茨的遗迹。

兰茨的墓地位于一片聚居区的附近，使用时间长达一千多年。过程总是相同的，一个简单的坑充当着火化地点。尸体将在那里被火化，同时还伴有一些我们今天已不再采用的葬礼仪式。火化后还剩下骨灰、人骨和死者衣物上的金属部分。当这些残余物冷却时，家属们会将它们收集起来，放进骨灰坛中。之后，骨灰坛会被安放在一个小小土丘下，人们会用石头或一个木制墓碑来标明土丘的位置。家族或部落在墓地中拥有自己的场地，只有家属才能安葬在其中。

这些骨灰坛对考古学家们来说十分重要，因为它们从公元前6世纪以来就以同样的方式来制造：它们是手工制造的、无装饰的圆腹形陶器，有着较宽的颈部和开口。根据这种陶器的第一个发掘地点，这种文化被命名为"亚斯托夫文化"（Jastorf-Kultur）。这种亚斯托夫器皿既用于家中，又可当作墓葬骨灰坛。考古学家们对骨灰坛中的东西也非常感兴趣：因为除了骨头和骨灰之外，他们还发现了铁制和铜制的装饰品，即通常所说的船帆形耳环、腰带扣和胸针——火化之后的残留物。起初腰带扣都是狭长的，后来其末端护片逐渐演变成了较宽的扁平片状。

不是日耳曼人，而是亚斯托夫人（Jastorfer）？

我们在"亚斯托夫文化"中找到的是居住在德国北部的、具有考古学意义的第一批日耳曼人吗？一段时期内，许多历史学家和考古学家都是这么认为的，但此时这一概念再次被订正了,就如之前的日耳曼人概念,"亚斯托夫文化"这个概念也被拓展到了其考古学发现之外。因此只可能在服装、饰品、武器和器皿以及墓葬形式中找到共同之处。但至少科学家们都达成一致的是,公元前2世纪以来,日耳曼族群们享有一些跨越地域的共同点,包括语言、社会秩序和文化。

在此之前,日耳曼语与其他印欧语言是分离的,独立成一门语言。日耳曼人将他们的集体分成奴隶和自由人,他们选举产生自己的部落首领。他们在公共的献祭地点集会,一起向相同的由造物神曼努斯(Mannus)统治的神灵世界敬献。日耳曼人自己并不认为自己是日耳曼人。如果一个独立的游历者在这片充满敌意的地方游历,并询问那里的人:"你们到底是谁?"他们不会回答:"我们虽然不太喜欢我们的邻居,但我们实际上都是日耳曼人!"不,他们视自己为他们的氏族、他们的部族的一份子。氏族中的成员们相互之间都有亲缘关系,但在部族中也有陌生人存在,有时候部族还会接纳一整个没有亲缘关系的氏族。苏甘柏人中可能有舍鲁斯克人,反之也能成立。所以部族不是一个绝对可靠的分类标志,但是却再也找不到一个更贴切的词来描述当时的状况了。

如果发生争端,一位有经验的首领就会召集骁勇善战的男人们——所有出于某种原因一直抱有归属感的人。当罗马人穿过日耳曼人的聚居区时,这样的争端时常发生。罗马军队不是到处都像在北海海岸那样畅通无阻的。

一次有着严重后果的小摔跤

德鲁苏斯有可能击溃了许多部落联盟并削弱了他们的

战斗部队。因为在前两次远征之后，他就在罗马被赐予了"凯旋标记"（ORNAMENTA TRIUMPHALIA），也就是胜利的标志，这对一个将军来说是最高的荣誉。当德鲁苏斯于公元前9年带着他的军队来到易北河时，他命人在那里建了一个胜利纪念碑。我们可以想象，赫门杜人并没有友善地接纳他和他的军队。也许德鲁苏斯在一次对峙中受了伤，也有可能在回程路上从马上跌落了。总之，他病了，在返程时，他的情况急剧恶化，他去世了。

因为当时没有抗生素，就连小小的伤口也会引发严重的感染并造成死亡。罗马的历史书籍的描写更加生动：提比略得知了他的兄弟濒死的消息。他立即策马赶往日耳曼尼亚。实际上，当他赶到的时候，德鲁苏斯还活着，但很快死在了他的兄弟的怀抱中。提比略带着尸体回到了罗马，并在那里以庄严隆重的仪式将他安葬在了奥古斯都的陵墓中。第二年，提比略又在奥古斯都的陪伴下回到了日耳曼尼亚。当时他接管了继续"平定"日耳曼人的任务。在短短的时间内，他与日耳曼人达成了多项协定。特别是历史学家维利尤斯·帕特丘拉斯赞扬提比略是一位能横扫整个日耳曼尼亚而"不损失一兵一卒"的"胜利者"。他如此彻底地征服了日耳曼尼亚，"以至于他几乎将它变成了一个义务进贡的行省"——是的，但只是"几乎"。

罗马人在日耳曼尼亚的行动给人一种他们是依计划行事的印象。否则提比略也肯定不会这么快又撤离了日耳曼尼亚。直到那时，德鲁苏斯和他的征战以及他的进攻所造成的众多弊端才显现出来，被驱逐离开家乡的部分舍鲁斯克和赫门杜部族在日耳曼尼亚四处游荡，一再陷入与当地居民的交战之中。

相反，苏甘柏人的强制迁移十分成功，上阿登的庞大军营因此变得多余了。于是它就被弃置了。罗马人做的也十分彻底，墙被一米一米地拆掉，拆下来的材料用于填埋壕沟。然后，房屋被彻底烧毁，人们将动物尸体和粪便倒入井中污染水源。但如果人们已经把一片地区划归为自己的行省，他们是不会这么做的。只有当人们连最小的利益都不想留给敌人的时候，他们才会这么做。人们在敌国就是这么做的！

第四章

瓦卢斯，
日耳曼尼亚行省总督
还是无国之王？

在本章节中，我们将看看：
罗马人和日耳曼人在
公元元年前后相处得怎么样。

在提比略撤离前往巴尔干半岛上的两个罗马行省潘诺尼亚和达尔马提亚维护秩序之后，日耳曼尼亚在几年之内保持相对平静。只有伊里利库姆行省总督路奇乌斯·多密提乌斯·阿赫诺巴尔布斯想要惹人注意。他发动了一次易北河方向的征战，越过了河流，和居住在那里的"野蛮人"签订了一份友好条约。另外，他还接纳了四处漂泊的赫门杜人，将他们迁居到了马科曼尼人的领地，也就是今天的波西米亚。但这也导致了马科曼尼人解除了与罗马人之间的盟约，并开始暴动。

这些事件是否是起因，还是只是起到了推波助澜的作用，这一点我们并不知道——无论如何，在公元1年到4年间又出现了严重的日耳曼人暴动。新的日耳曼尼亚行省长官马库斯·文尼休斯只能坚持尽力对抗到处反抗的日耳曼人。因此，当提比略于公元4年启程返回日耳曼尼亚时，罗马士兵们都欢呼雀跃。提比略开始为他在日耳曼尼亚的行动寻找一个新的基地——他为实现自己的目的，命人在哈尔滕（雷克林豪森县）建造了罗马军营。考古学家们在此基础上进行研究。

哈尔滕——大日耳曼尼亚（GERMANIA MAGNA）的总司令部

考古学家们将"哈尔滕罗马军营"作为今天的哈尔滕周围的所有设施的统称。因为在过去的 100 年间，考古学家们在那里发现了六处不同的来自罗马时期的建筑，并进行了深入研究。首先发现的一处军营位于一块名叫安娜贝格的近乎三角形的高地上，距离利珀河约 500 米。早在 19 世纪中叶，乡土学者们就发现了第一批痕迹，从 1899 年起，考古学家们就在那里挖掘出了一片近十个足球场那么大的巨型军营的围栏。

这一位于东北地区的主军营也是建造在一片高地上，今天将它称为锡尔伯贝格。现在的哈尔滕罗马博物馆就是在这个位置上。主军营占地约 30 个足球场大小，虽然略小于上阿登军营，但其内部建筑密度很高：军营的北面是密密麻麻的普通士兵兵营，南面是通往指挥总部的宽广的阅兵大道（VIA PRINCIPALIS）。在提比略率领着他的军队上战场之前，他会让军队在此列队集合。

另外，考古学家们还在利珀河过去的河岸边发现了两处罗马建筑，其中一处为船营，另一处建筑的作用至今还未探明。他们还发现了一条笔直的长路，与利珀河平行一直向西延伸，大概一直通往克桑滕。之后，学者们甚至发现了一片沿着罗马人街道建造的墓地，其中有几百块墓碑。人们还在各个军营之间的地面发现了罗马的帐篷桩——帐篷钉子，可以用来将帐篷固定在地上，多余的军团士兵住在帐篷里。

哈尔滕的营地用途明确，主要用于军事——尽管如此，它却不仅仅是一个军事基地。由于营地中有太多的高级军官或官员的住所，因此考古学家们推断，这里不仅仅驻扎着罗马军队，还有行省的管理部门。因此，如果确切知道哈尔滕从什么时候到什么时候被当作营地来使用，那自然是很好的——但这至今还做不到。

等一等——为什么哈尔滕是被研究得最透彻的罗马军营之一，但我们却不知道它是何时建造的？哈尔滕周围的土地都十分干燥，可以说整个哈尔滕就是建造在沙子上的。然而，没有任何有机物质，主要是没有木头，能在这片干旱的沙地中保存下来。因此，考古学家们不能直接进行放射性碳定年法或年轮定年法。那么他们能做什么呢？他们能够将发掘出来的建筑物地基和出土物与其他的发掘地作对比。在哈尔滕的沙地中可以找到很多：双耳陶罐（细罐）、陶盆、碗碟等陶器，但也有骨灰坛；斧子、锄头、钳子、铁砧、螺丝锥、锤子、锯子等金属工具；水管、帐篷柱、灯具、锁和钥匙等金属建筑部件。还有成堆的钱币——至今为止发现了2561枚铜币、309枚银币和4枚金币。

我们想要更加仔细地研究这些钱币，因为钱币很适合用来确定如瓦卢斯战役等事件的时间。罗马人定期铸造新的钱币，上面有当时的统治者或受欢迎的执政官或将军的肖像。另外，当时的捐赠者们还常常将他们的姓名首字母刻铸在钱币上，将钱币作为奖励发放给士兵们。学者们将这种刻铸姓名缩写的方式称为"阳模成型"。在哈尔滕挖掘出来的钱币中，有一些上面还铸有"VAR"的字样。这是考古学上第一次发现瓦卢斯的名字，这个名字不祥地笼罩了整个事件。现在学者们思考的是，哪些钱币出现得特别频繁？哪些钱币还没有出现过——因为它们根本没有被铸造出来？这样分析钱币和对比出土物的结果是，哈尔滕是在公元前7年到公元1年建造的，很可能是在上阿登军营废弃之后马上开建的。哈尔滕的结束时间也不能具体确定，可能是瓦卢斯战役之后的公元 9 年，但也可能是公元 14/15 年。

沿着之字形路线前往日耳曼行省？

根据古希腊罗马时期的历史学家的描述，提比略在公元 4 到 6 年在日耳曼尼亚各处发动了多次战役。他率领着他的军队向东南方向行进，横扫了从艾瑟尔湖到今天的明斯特兰再到利珀河上游的区域。接着，军队从威悉河中游上岸，开始开展搜索式行军，往高处直到北海海岸，往东南方向直到易北河边。军队从北海出发，他们一方面乘船侦查丹麦的海岸，另一方面沿着易北河顺流而上。

让我们更仔细地来看看德鲁苏斯、多密提乌斯·阿赫诺巴尔布斯和提比略的战役：这种原始的之字形线路就像一支蚂蚁先锋队在搜寻食物时的运动一样。德鲁苏斯和提比略在雷提亚时正展现了，如何在受到抵抗的情况下从两面夹击来征服一片地区。因此，许多历史学家猜测，当时并没有征服日耳曼尼亚的计划，将军们都是在单独行动。他们想要在罗马获得名誉和表彰，但最重要的还是想在攻占地区进行掠夺。但这些军事远征之间的一个不同之处十分突出，提比略相较于他的猛烈激进的兄弟德鲁苏斯来说更加谨慎小心。他可能是另一种性格类型，因为提比略常被描述为一个安静的、慎重的人。他处事更加老练——无论如何，他成功控制住了这些部族。

等一等——罗马人到底是如何平息这些外部部族和民族的？在战场上自然主要凭借的是武力，但罗马人通常首先尝试使用"友好的方式"。首先，他们会派使节携带礼物去日耳曼人那里。如果日耳曼人同意，他们将签订一份友好

第四章 瓦卢斯，日耳曼尼亚行省总督还是无国之王？

条约。在条约中，日耳曼人自然必须接受罗马人作为占优势的、合法的力量。但一份友好条约能够给首领及其家庭带来更多的礼物。日耳曼男人们热爱饰品、奢华的衣物和豪华的兵器。另外，罗马人也会帮助他们的政治合作伙伴抵御竞争对手和敌人。为了保证这一友好条约，常常会举行一项十分戏剧性的仪式：小孩子们——最好是首领的儿子——将被交给罗马人做人质。一枚罗马钱币上印上了这样的交换仪式。

通过这种方式，罗马人将北海岸边的弗里森人和巴达维人变成了可靠的盟友。而下莱茵河的乌斯佩特人和布鲁克特勒人需要多次征服才变得平静下来。固执的苏甘柏人又是另一种类型，我们已经听说过他们的事迹。这样的部族最终会被盖上"敌人"的印章：他们会被战胜、被镇压、被迁居，甚至被奴役。公元4到6年间，提比略集中精力对付主要居住在威悉河边的夏登人和舍鲁斯克人。

为了方便在此地区的行动，他下令建立了一个自己的基地：安雷彭。考古学家们已经对营地的遗址进行了透彻的研究。这片营地略大于约100千米远处的哈尔滕主营地，就建在利珀河岸边，面向东方。营地的平面图向考古学家们透露出了两个重要的因素：其中有一个很大的指挥中心，提比略在夏季居住在这里。这个军营中还有非常多的贮藏室，安雷彭就是为向东进军舍鲁斯克人领地的军队准备的补给站。对出土物的研究还在继续，所以我们并不清楚，这个营地是在公元5/6年被废弃了，还是用作了提比略的后继者瓦卢斯的夏季营地。

提比略的努力显然有所成效。在他多次战胜舍鲁斯克人并摧毁了他们的地产之后，他将他们变成了盟友——至少

黑森州的一个罗马广场

20世纪90年代,考古学家们在黑森州拉恩河河谷的一块平地上发现了罗马的和日耳曼的陶器。他们本来以为这也是一个军营。但瓦尔德基尔梅斯——现在人们把这块地方称为瓦尔德基尔梅斯,因为它就在小城瓦尔德基尔梅斯的附近——却是另外一种东西,因为考古学家们在这片地区中心发现了一份广场的平面图——用石头做成的。罗马人只在他们的城市中建造这样一片由柱廊和厅堂包围着的中心广场。不仅广场是由石头建造的,其他的房子也是用石头建成的。这些房子显然不具备军事用途,而是为贸易服务的,因为这些房子中有很多贮藏室。考古学家们还幸运地找到了可以确定年份的东西。他们找到了一口用木板围起来的水井——制作木板的树是在公元前4年被砍伐的。一道火化层也说明了这座城市的结局:在瓦卢斯战败后,它就被烧毁了。但从罗马人用石头建造了许多建筑这一点来看,他们实际上是打算久留。这也可以说是罗马人想把日耳曼尼亚变成罗马行省的一个证据?考古学家们和历史学家们还在据此争论不休。

第四章 瓦卢斯，日耳曼尼亚行省总督还是无国之王？

是他们中的一部分人。因为舍鲁斯克人发生了分裂，一部分部族在塞格斯特斯领导下十分温和，重新在威悉河定居下来，而另一部分舍鲁斯克人则被驱赶出他们的家乡，挑衅好斗地四处游荡。

对罗马人来说，日耳曼尼亚是一个分裂成两半的国家。在一些地区，罗马人只能依靠武力。但与此同时，在罗马军营周围形成了一种和睦的邻里关系。古代历史编纂者卡西乌斯·狄奥写道："他们的军队（在大日耳曼尼亚）过冬并建设城市，日耳曼人受到罗马秩序的教化。他们习惯了他们的集市，并举行和睦的集会。"这里的"城市"指的是像瓦尔德基尔梅斯这样的地方。在20世纪90年代，人们才在黑森州发现了这些罗马遗址，自此开始进行研究——它们原来是用于在日耳曼敌境内部推进贸易的。当时，考古学家们已经证明，哈尔滕这样的地方原来就是计划作为"集市"的。公元5年，主营地被扩建了，在东北面向外扩展80米远处，一堵外墙被建造了起来。在这片扩建区域内，人们没有再建军营，而是建了行省行政官员的楼房，还建立了新的工作坊。此外，人们还在那里生产陶器。产量远大于营地自己所需。在美因茨周边的其他多个发掘地中，考古学家们也发现了产自哈尔滕的陶器。

罗马人用他们的货物、陶器、饰品和武器换来了什么呢？日耳曼人为他们提供了兽皮、琥珀和他们从沼泽地中挖出的大块铁矿。在哈尔滕中也发现了另外一种很受欢迎的商品，数量更为庞大：铅。这些产自日耳曼尼亚的铅就是为什么尽管遭到苏甘柏人和舍鲁斯克人的阻碍、罗马人仍一定要涉足利珀河的原因之一吗？这些铅绝大部分来自哈尔滕南部的藻厄兰的矿山。当罗马人将苏甘柏人迁居的时候，他们真的仅仅是想要控制住叛乱者吗？还是主要在寻求一个通往铅矿的自由入口？因为在苏甘柏人还未完全被迁出的时候，他们就开始从地下挖掘这种珍贵的金属了。今天还能在藻厄兰见到的不计其数的山坡，也就是通常所说的铅矿山，也证明了这一开采行动。考古学家们甚至还在布里隆发现了一个这样的古代矿山。

这些铅矿的所有者即是奥古斯都本人。他将这些矿井租给罗马的雇主们。我们并不知道是谁曾在这些矿井中工作——是日耳曼人、士兵还是奴隶。铅块上盖有这样的印章："PLUMBUM GERMANICUM"，意为产自日耳曼尼亚的铅。考古学家们还在地中海区域找到了这样的铅块，这是繁荣的贸易的一个象征。铅贸易的很大一部分显然是通过持有者来进行的，罗马军团也参与到了其中。因为数量众多的铅块中的一块上有着这样的印记："L XIX"——"第19军团"。享有盛名的第19军团曾驻扎在此地——据说，它马上要将瓦卢斯引向毁灭。

铅——有副作用的材料

除了铜和铁之外，罗马人最喜欢用铅作为金属原料，因为铅很软，并易于造型。人们可以用铅来做什么？罗马人用铅制造水管、器皿和其他的用具，如砝码和铅锤。但这是一种危险的材料。然而罗马人还不知道这一点。士兵所使用的餐具和饮具很大一部分是用铅制成的。一种铅化合物甚至还被用来作为红酒的增甜剂和调色剂。许多士兵大概因此在服役期间铅中毒了。起初的症状是肠道痉挛，血液所能产生的血球数量越来越少，最后神经系统会被破坏，症状是身体疼痛、疲倦、瘫痪。医学史学家甚至思考过：为什么曾在近1000年内战无不胜的罗马军队到帝国的末期会变得如此虚弱？是广泛流行的铅中毒最终造成了罗马帝国的灭亡吗？这个问题永远都不会有答案。

瓦卢斯来了！

公元6年，马科曼尼人在他们的国王马波德带领下与其他的部族结盟，

第四章　瓦卢斯，日耳曼尼亚行省总督还是无国之王？

以策划一场反抗罗马人的大暴动。而提比略已经做好反击的准备。他召集了十二个军团，这是他从地区——比如，从罗马的潘诺尼亚和达尔马提亚行省——抽调的。这对于那里被压迫的居民来说也是一个绝佳的反抗罗马占领者的机会。奥古斯都必须仔细斟酌，哪个地区的平静和秩序对他来说更加重要。因为潘诺尼亚行省直接与意大利北部接壤，这片地区的骚乱也会威胁到罗马的中心地区。所以他将提比略派到了那里去——然而，他应该将谁派往日耳曼尼亚呢？在那之前，他只将日耳曼尼亚的军事任务委托给家庭成员过。现在，他选择了普布利乌斯·奎因克提里乌斯·瓦卢斯。这位只是一位远房亲戚，但却是一位经验老到的行省长官。作为日耳曼尼亚的总督，当时正值55岁的瓦卢斯从古希腊罗马作家那儿得到了最糟糕的评价：一个堕落放纵的人——爱慕虚荣且幼稚，是一个差劲的长官，作为将军则更加差劲！

等一等——根据我们至今为止所知的关于奥古斯都的一切，他会将这样一个没用的人任命为对他来说十分重要的行省的总督吗？几乎不会。实际上，在之前的经历里，这位日耳曼尼亚的下任总督则被描述为全然不同的人。普布利乌斯·奎因克提里乌斯·瓦卢斯于公元前46年出生于一个元老院议员世家，公元前22年（即24岁时）已担任希腊西部行省亚该亚的高级官职。之后几年，他作为顾问陪同奥古斯都去了几次东边的行省。瓦卢斯与皇帝的侄孙女之一维普桑尼亚·马塞拉结婚，并于公元前13年被选为执政官——与提比略一起。在公元前8年到公元前7年之间，他担任非洲行省的副执政官职位，其后三年又担任叙利亚行省的总督。在耶稣降世时（根据现在的观点即公元前7年到公元前4年间），瓦卢斯是犹太地国王希律王的顾问。历史学家弗拉维奥·约瑟夫斯在他的关于犹太战争的书《犹太战争》（*De bello Judaico*）中将瓦卢斯描述为一个冷静、谨慎的人，以及一位重视外交手段、不采取鲁莽措施的总督。但是，当一场起义在希律王死后爆发时，他却血腥镇压了这场起义，并将2000名犹太人钉死在了十字架上。

当罗马历史学家们叙述在日耳曼尼亚的这次失利时，他们却描述了一个完全不同的人。维里乌斯·佩特库鲁斯说他是一个贪得无厌的人："他担任总督的叙利亚行省却证明了他有多蔑视金钱：他两手空空地踏上一片富有的土地，他盆满钵满地离开一片贫穷的土地。"人们指责剥削了一个行省的瓦卢斯，而不指责在更大的范围内做着同样事情的恺撒，甚至是奥古斯都，这一点就挺奇怪的。我们注意到，古希腊罗马的作家们评判时十分片面且情绪化。因为人们也可以为瓦卢斯在叙利亚的暴富找到一个完全不同的解释。尽管罗马人和毗邻的帕提亚人是死对头，但是他们双方都纵容了丝绸之路沿线的贸易活动。传奇的沙漠城市巴尔米拉作为一个中立的贸易中心因此壮大起来。当贸易繁荣起来的时候，上级税收人员的腰包自然就鼓起来了。

公元前4年，富有的瓦卢斯回到了罗马。因为他的妻子在其间已经去世，因此他又结了一次婚，这一次对象又是出身帝王家庭，她是皇帝的侄孙女克劳狄亚·普尔塔。罗马的历史学家们和传记作家们几乎没有怎么提及瓦卢斯其后11年的生活。这说明瓦卢斯当时生活得很安逸吗？他只关心自己的消遣享乐和私人事务吗？罗马人以频繁地大摆筵席而著称，他有因大吃大喝而变得肥胖和懒散吗？我们并不知晓。无论如何，当奥古斯都将日耳曼尼亚的管理权交给他的时候，是一个非常紧急的时刻。

公元7年，瓦卢斯平生第一次来到日耳曼尼亚。这次旅途途经勃伦纳山口、雷提亚行省，沿着莱茵河抵达维提拉堡军营(克桑滕)，之后又沿着利珀河前行直到哈尔滕。瓦

第四章 瓦卢斯,日耳曼尼亚行省总督还是无国之王?

卢斯沿途看到了什么呢?

他看到了运货驳船和罗马战舰在莱茵河上繁忙地往来穿梭。沿着河岸坐落着一个又一个军事营地,一条严密巩固的道路从克桑滕一直延伸到了哈尔滕军营。公元7年和公元8年,他居住在那儿的一座新建的夏日行宫中。从那儿,他可以每日俯瞰一片集市,日耳曼人和罗马人在这片集市中和睦地交易着物品。在这样的背景下,就可以理解,为什么经验老到的瓦卢斯会得到一个如此具有欺骗性的关于日耳曼尼亚局势的判断了。但实际上,罗马的管辖区域只是不可管辖的日耳曼尼亚的海域中的岛屿而已。就连古希腊罗马的历史学家卡西乌斯·狄奥也写道:"罗马人只统治了这片土地的几个区域,而不是一整片地区,就像日耳曼人只是在某些地方屈服于罗马人一样。"然而,瓦卢斯却想引入统一的司法权,压垮本地统治者的权力,打破他们任意专断的惩罚性行为。他制定了能够提高日耳曼尼亚全境税收的计划,因为奥古斯都就是派他来做这事儿的。

枯燥无聊的军营生活?

公元 8 年到公元 9 年的冬天,维提拉堡。瓦卢斯和三个军团及后备军队等待着春天,等待着在舍鲁斯克人地区的行动。营地中的日常生活是什么样的呢?军团士兵们觉得无聊吗?他们就像《高卢英雄传》漫画中所描绘的那样无

像在家里一样吃饭

罗马士兵们即使被派往最偏远的行省也毫无怨言，因为他们在那里时不时地就可以喝到上好的意大利红酒并配着鱼露吃面包。鱼露是一种经过发酵的用鱼制成的酱料。罗马人对其的喜爱程度与我们现在对番茄酱的喜爱程度不相上下。即使在像大不列颠这样的最遥远的行省的罗马军营中，考古学家们也找到了装着意大利红酒、橄榄油和西班牙鱼露的陶罐。罗马的军队统帅想出了一种非常奢侈但有效的方法，获取了大量这种受喜爱的食品，并将它们分别运往不同行省进行贮藏，发放给士兵们或者进行售卖。

精打采吗？绝不可能，总有一些事情要做的。如果没有事情可做，那么上级们就会故意找些事给他们做。因为保持他们持续忙碌的状态对于军队的纪律十分重要。当没有扩建或修缮军营的时候，士兵们就进行军事操练。计划中常常有带兵器的练习以及战略性的演习。特别是士兵们的身体素质也必须要训练。毕竟士兵们在战场上行军的时候要比打仗更多。（军队常常必须先前进几百千米，才能与敌人进行决战。）因此，每月至少计划进行三次艰苦的全副武装行军练习。

与此相反，他们将较少的时间花在身体护理上。罗马人早上没有长时间的洗漱，他们根本不清洁牙齿——最多用薄荷汁或玫瑰花瓣来擦擦牙齿，或者用醋或尿来漱漱口。因此罗马人很喜欢去公共澡堂。如果条件允许的话，他们会以最快的速度在他们的新聚居点和军营中修建一个带有蒸汽浴室、小型浴池和房间的设施。人们可以在那里享受搓澡和按摩服务。

那些工作很久、行军很久、洗澡很久的人也常常会饥肠辘辘。去公共食堂？不，根本没有主要的营地食堂或军厨。士兵们也必须自己解决吃饭问题。因此每天的菜单就是小麦做的面包片和面包，小麦必须先用一个手推磨磨碎。只有在庆祝活动中献祭动物时，普通的士兵们才能吃到肉。在像哈尔滕这样的主军营中，人们用必要的小钱就可以从家乡买到几乎所有种类的食物。然而在敌境作战时，除了面包和面包片之外，就只有"供货人"（LIXAE）"安排"的东西了。他们其实就是被默默容忍的掠夺者，他们袭击并洗劫周边的农庄，并将食物卖给罗马士兵。

八个士兵组成的小团体一起做饭吃饭，一起睡觉，一起作战。这种小团体叫作共帐小队（CONTUBERNIUM）。每一个百人队又被划分为十个这样的由八个士兵组成的小分队。这些普通士兵们八人一队围坐在他们的炊火边，吃饭，喝酒，以他们的英雄事迹为谈资来吹牛自夸。又或者他们一同愤恨地抱怨不公正的上级，因为他们常常有理由这么说。

士兵日常中的刁难

罗马军队真的算得上是当时最冷酷无情、最粗暴残忍的军队。这指的不仅仅是其作战方式和对待敌人的方法，同时也指他们对待自己人的方式。罗马军队纪律严明，即使是最小的违纪行为也会受到最严厉的惩罚：夹道鞭笞、断手和体罚，这些惩罚也会造成受罚者的死亡。还有"惩戒性的"处决,即杀掉一个士兵来威慑其他人。通常所说的十一抽杀律(DECIMATIO)也是这种威慑手段之一——每十个人中被点中的一人将被处死。如果士兵们叛乱反抗其上级,或者叛变投敌,或在军队领导看来在战场上表现懦弱,他们就会被施以这样的处罚。

另外,我们今天也只能用残暴来形容他们实施死刑的方式。被判刑者会被罗马骑兵们封锁并屠杀——被自己的战友!暴力是日常生活的组成部分,上级们——特别是百夫长——常常会刁难普通士兵。百夫长可以任意下达命令和施以处罚。他们常常极尽所能地利用这些权力。普通士兵们必须用他们的军饷来赎罪,使自己免受暴行。这种情况十分常见。百夫长将 VITIS 带在身边不仅仅是作为他们指挥权的象征——VITIS 是一种拐杖大小的、用葡萄藤制成的手杖。他们还抓住一切机会用它来鞭打士兵。塔西佗曾写到一起发生在潘诺尼亚的事件:百夫长卢西鲁斯用它来鞭打士兵,打了太久,以致棍子都断了,他就又命人给他拿来了一条新的棍子。士兵们受够了这些,就杀掉了他们的

上级。士兵们的叛乱一再反复地发生——并不是因为艰苦的战争，而是因为刁难。

　　但这种艰苦的日常也稍稍有所缓和，因为也有平民生活在军营里，这些平民甚至还会跟随军队上战场。这些人中有一部分是分配给军官的奴隶，但最大的一部分是妇女和儿童。虽然奥古斯都禁止他的士兵们结婚，但是指挥官们却容忍妇女和非婚生的孩子们在军营中生活。因为如果男人们长时间只和男人生活在一起，他们就很容易变得野蛮。

　　另一方面，军营里也有专门给男人们聚会、交谈和逗趣的场所。这里指的不是士兵们一得到军饷就去大喝葡萄酒或是啤酒的小酒馆，而是指茅坑，也就是厕所。罗马人说的厕所和我们所说的厕所完全不同。我们现在仅仅将它认为是一个"安静的小地方"，但对罗马人来说，厕所却是真正的集会地点。在这儿，单间的厕所一个挨着一个排列着——没有隔板。因为罗马人在大小便的时候也想和别人聊天。

许可：盖乌斯·尤利乌斯·阿米尼乌斯

　　漫长的冬季中，瓦卢斯也想在军营里进行一些娱乐消遣活动。他想更加深入地了解日耳曼人，了解他们的生活方式和思维方式。正因为此，他与指挥部中的一名曾经的"野蛮人"成了朋友，这个人就是舍鲁斯克人阿米尼乌斯。我们并不知道日耳曼人怎么称呼他。但肯定不是赫尔曼。盖乌斯·尤利乌斯·阿米尼乌斯——按照罗马史学家的说法，这是他唯一真实的名字，即他的罗马名字。因为他享有罗马公民权和罗马骑士的头衔！

　　阿米尼乌斯在约公元前18年出生于一个在舍鲁斯克部

第四章 瓦卢斯，日耳曼尼亚行省总督还是无国之王？

戈门陵墓

这个陵墓在公元300年建成时，是直接靠着易北河的。普通的日耳曼人在死后会被火化。而这个重要的死者的尸体却被人们放进坟墓，以大量物品陪葬。人们还用石头和土在他的坟上堆起了一个小山丘——就像青铜器时代人们所做的那样。这个死者在死后得到了昂贵的陪葬品：铜制的武器和饰品、银子和金子。最显眼的是银制的盾牌，上面用了小金片和彩色玻璃来装饰。人们还用大量酒器给这位死者陪葬——每样都有两件，有铜制装饰物的木桶、黄铜制成的桶、银制的容器和勺子以及贵重的玻璃器皿。这样看来，喝酒的礼俗在运用权力时有着十分重要的作用。另外，在墓穴中还有罗马的家具，包括一个三脚架和一个用来放置死者的卧榻。

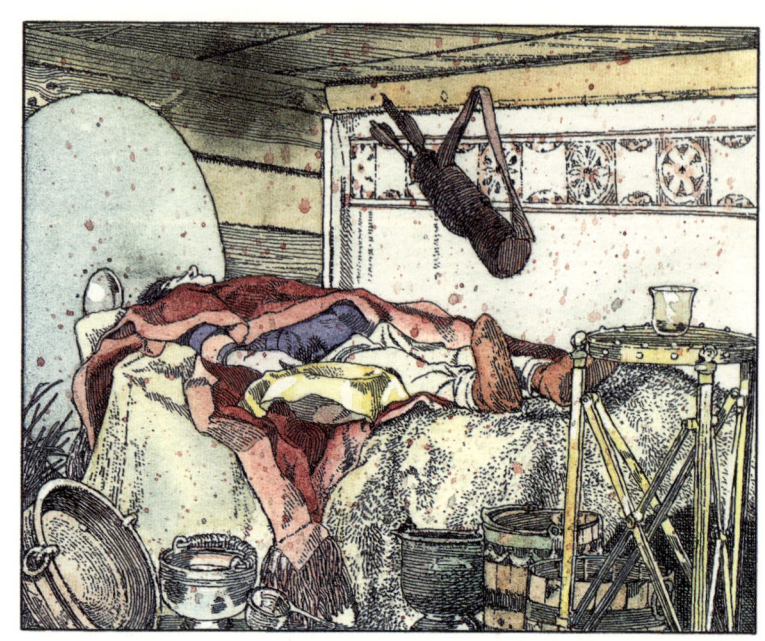

族有着领导地位的家庭。舍鲁斯克人在这之前几年分裂成了两大阵营，即亲罗马人阵营和反罗马人阵营。亲罗马人阵营由阿米尼乌斯的父亲、首领赛格米尔率领。他认为与罗马人合作大有前途，并让大家多多学习罗马人。一些历史学家记载道，阿米尼乌斯和他的弟弟弗拉乌斯在他们的青少年时期就已经在罗马待过一段时间了。作为屈服的姿态，赛格米尔将他们作为人质交给了罗马人。可以说，阿米尼乌斯是出身于贵族阶层的。

等一等——我们之前不是说过在日耳曼聚居区的住房都是一样大小的吗？因为在公元元年前后没有特别大的庄园，考古学家们认为，也就没有明确的迹象表明日耳曼人有领导阶层或是贵族阶层。但在过去的20年内，人们陆陆续续地发现了一些日耳曼部族首领或贵族阶层的痕迹。

这些痕迹中包括一些从公元100年起在哈格瑙（什未林西南方向约30千米处）附近的墓穴，明确为领导阶层修建。这些墓穴中的葬品证明了这点：一位55岁的日耳曼人火化之后的遗体被装入一个罗马铜壶，并被埋入地下，骨灰边还会放上没有一并火化的装备和物品，包括几条腰带、四对马刺、锁子甲、剑、盾牌、长矛和枪、两个牛角酒杯、衣襟别针和一块小金条。考古学家们明白了，这是一个军队统帅或是部族首领的墓穴。

这就更加可以作为1990年在马格德堡西南发掘的"戈门陵墓"的参考了。这是为数不多的在被发现之时还保存完好的后罗马－日耳曼时期的墓穴之一。通常情况下，旧的墓穴都被盗墓者洗劫一空了。尽管如此，对考古学家们来说还是有许多研究材料保留了下来，但原始的遗迹都被破坏了——就像在一个犯罪现场一样。即使在这种情况下，像皮革腰带上还未风化的部分和衣物上的个别部分这样的遗迹还是可以挽救的。据此，人们修复还原了这个部落首领的整套装备：他下身穿着一条裤子，上身着一件罩衫，罩衫用一条上面有黄金饰片点缀的宽腰带束住。一条彩色的披肩帮助他抵御寒冷。所有这些衣物都是用名贵的材料制成的。他用一把剑、一支长矛和一面由线条和图案装饰的巨大圆形木盾来武装自己。像戈门的部落首领那样，男人们很喜欢佩戴饰品。所以第一眼就能从衣着、饰品和武器辨别出来，这是不是一个很有权势的男人。

我们再来看看这些事实吧，在公元元年前后日耳曼人之间普遍还是平等的，从公元100年起开始出现士兵特

日耳曼人——后备部队和皇帝禁卫军中的特种兵

因为奥古斯都将罗马军队限制在28个军团之内，因此后备部队在军队中的地位越来越重要。日耳曼人尤其受欢迎，因为他们十分高大、强壮和狂野。在对比了几百具日耳曼人和罗马人的遗骸之后，人们证明，日耳曼人的身高可达1.8米，比他们的罗马竞争者高出了近一个头。这可能是由于他们蛋白质摄入量不同而导致的，因为日耳曼人吃的肉奶制品要比罗马人更多。难怪奥古斯都在他的禁卫军中也选择了这些高大的战士。

尽管后备部队完全是由行省的人组成的，它们也大体上以军团的结构为参照进行划分。它们也被细分为步兵队和骑兵队，大部分由罗马军官来领导。只有当日耳曼士兵像阿米尼乌斯那样显示出过人的英勇和智慧，他们才会得到指挥权。

第四章 瓦卢斯，日耳曼尼亚行省总督还是无国之王？

殊墓葬的迹象，约公元300年出现装饰完善的陵墓。我们在这里看到一个逐步的发展过程，贵族阶层很显然就是在这一时期产生的。对于为什么正好是在这一时期发生这个问题，有如下答案，由于受到罗马人持续的挑衅，日耳曼人逐渐发展成为一个战斗民族。尽管日耳曼人常常和罗马军队作战，在罗马军队服役却不算作背叛行为。与之相反，如果一个人在罗马军队升到了比如说军官这样的职位，那么他将享有很高的声望。从军团退役的士兵还能够带着一份丰厚的退役军饷回到家乡。另外，这些男人还有很多共同点，他们都有战场经验和渊博的军事策略知识。

与此同时，日耳曼部族之间的冲突也越来越激烈——归根结底是由于逐步逼近的罗马人造成的。部族首领们越来

越频繁地将士兵们召集起来。最后，一部分军队被保留在部族首领的身边，在短暂的和平时期也要保持戒备。农民们必须向他缴纳税费，并听从他的命令，以保证他和他的军队能够每时每刻做好战斗准备。中世纪的骑士贵族也正是通过相同的模式产生的。

让我们回到阿米尼乌斯这儿来。阿米尼乌斯是不是出身于一个古老的贵族家庭，这一点是值得怀疑的。但在这一时期，一个新的日耳曼人的领导阶层产生了，阿米尼乌斯肯定是属于这一阶层的。另外，阿米尼乌斯还获得了罗马骑士的头衔。公元4到7年间，他在罗马军队中担任日耳曼尼亚后备军队的行政长官，尤其是在巴尔干半岛地区的潘诺尼亚暴动中，他证明了自己的能力。因此，他于公元7年被任命为后备军队的军官。在这一年或是此后一年，阿米尼乌斯带着他的后备军队回到了日耳曼尼亚，听从瓦卢斯的指挥。瓦卢斯将阿米尼乌斯看作一个在对抗反叛者时表现出色、很好地完成了提比略的指令的日耳曼军官。对瓦卢斯来说，作为舍鲁斯克人，阿米尼乌斯还是一个对他想要平定的这一片土地和人民极其了解的日耳曼军官。这样一来，阿米尼乌斯很快就成了瓦卢斯的心腹这件事就一点不奇怪了。但对阿米尼乌斯来说，他从一开始就有了要发动一场大起义的念头吗？他在这数个冬夜里使得瓦卢斯喜爱他、离不开他，就只是为了能够在后来更好地迷惑他吗？

第五章

在舍鲁斯克人领地发生了什么？

在本章节中，我们将继续探究，为什么人们历经长达百年的寻找得出了 700 种理论，却没有找到任何一个战场。

公元 9 年春天，哈尔滕。几个星期以来，军营里变得拥挤和忙碌起来。除了长期驻扎于此的第 19 军团外，第 17 军团和第 18 军团也从维提拉堡迁移到了此地。他们在原有的固定营地之间搭起了帐篷。近 2000 年之后，考古学家们还在土地里发现了这些帐篷的桩子。这三个军团都是皇帝自己亲自建立起来的。那时，他还叫作屋大维，忙着追逐权力。有了这些军团，日耳曼尼亚应该总算能平定下来了。但是士兵们并不乐意打包行军装备，前往参加夏季的征战——几个月之后，这些士兵之中只有为数不多的几个人惊慌失措地逃回了营地。在舍鲁斯克人的领地上发生了什么？

好消息是，在这些事件发生的 2000 年之后，我们还能找到几篇相关的描述报道。坏消息是，这些报道都不相符合。是的，它们在好几个关键处都明显自相矛盾。至今为止，我们所掌握的各个信息都是从这个或者另一个历史学家那里搜罗来的。但现在重要的是每一篇报道内容的精确性——因为它们是我们的"原始资料"，我们想要将它们与考古发现作对比。因此，我们首先从这个问题开始：真的存在一个无可辩驳的证据能证明瓦卢斯战役曾经发生过吗？是的，这是真的存在的。一个独一无二的，也是十分巨大而沉重的证据就是马库斯·凯利乌斯的墓碑。

马库斯在瓦卢斯战役中阵亡时53岁。他隶属于第18军团，是第1步兵队的百夫长。他的墓碑上的肖像头上戴着一个用橡树叶做成的橡枝冠（CORONA CIVICA），即一个桂冠——和我们今天的勋章类似——这是因他在战役中拯救了一名战友而颁发给他的一项荣誉。这些刻在石头上的碑文可以作为特别可靠的原始资料——为什么呢？因为这些碑文就相当于官方文件，像我们今天的护照一样。它们在历经几百年后还保持着原状，不像书籍那样很容易在下一个副本或在下一个版次中就发生了改变。

人们在克桑滕的军营附近发现了这块墓碑，且是以一种十分离奇的方式发现的。在中世纪早期的某个时候，人们开始在福斯坦堡修建一座修道院。期间，勤劳能干的修士们在各种各样的罗马建筑部件的基础上进行改造，比如柱子和马库斯·凯利乌斯的那样的美丽墓碑。但在17世纪，这座修道院就被弃置了，按字面意思讲就是"被拆解了"，并作为建筑材料继续被转卖。算是运气好，因为从那时候起，人们开始对自己的历史感兴趣。因此，墓碑没有被继续改造，而是作为历史见证保存了起来。

但可惜的是，这一见证物有一个

马库斯·凯利乌斯的墓碑

其实墓碑上只刻着以下字母：
M CAELIO T F LEM BON
O LEG XIIX ANN LIII
CIDIT BELLO VARIANO OSSA
NFERRE LICEBIT P CAELIUS T F
LEM FRATER FECIT

但历史学家们凭借着在罗马铭文方面的丰富经验，还可以在其中添加许多下列括号中的字母：

M(arco) Caelio T(iti) f(ilio) Lem(onia tribu) Bon(onia)
[I]o(ordini) leg(ionis) XIIX ann(orum) LIII
[ce]cidit bello Variano ossa
[lib(ertorum)i]nferre licebit P(ublius) Caelius T(iti) F(ilius)
Lem(onia tribu) frater fecit

如果认真听了拉丁语课的话，现在读这些就很简单了：
"马库斯·凯利乌斯，提图斯之子，来自博洛尼亚的莱蒙尼亚。
"他53岁时是第18军团的百夫长。
"他在瓦卢斯战役中阵亡。他的遗体被准许埋葬。
"普布利乌斯·凯利乌斯，莱蒙尼亚的提图斯之子，命人给他的哥哥立了墓碑。"

不足之处：它几乎没有告诉我们什么关于战役的信息。如果我们想要知道更多，我们就必须仔细地来看看历史学家们和他们的文章。主要有四位古希腊和罗马的作家在他们的作品中提到了瓦卢斯战役发生的经过：希腊人维利尤斯·帕特丘拉斯和卢修斯·安纳乌斯·弗罗鲁斯，以及罗马人普布里乌斯·克奈里乌斯·塔西佗和卡西乌斯·狄奥。

时代见证者维利尤斯·帕特丘拉斯

帕特丘拉斯大约生活在公元前20年到公元30年年间。他在提比略手下担任日耳曼尼亚和潘诺尼亚地区的军官。如果人们按照他的年龄推算的话，那么他的服役期很有可能就在公元1年到公元20年之间。他就是在日耳曼尼亚发生的事件的直接目击者。不过很显然，他颂扬当时是将军，后来成为皇帝的提比略。而在评判别人时，例如在评判奥古斯都和瓦卢斯时，他就相对负面消极。

在罗马军队中，维利尤斯"认识了一位贵族青年，他充满热情，具有比一般的野蛮人更加灵敏的判断力——阿米尼乌斯"。维利尤斯写道，在潘诺尼亚的战役中，他是罗马人的可靠的陪同者。但他的眼神却泄露出他心中掩藏的不可抑制的情感。但在维利尤斯的眼中，瓦卢斯在身体和精神上十分迟缓："他更习惯过的是安逸的军营生活，而不是去打仗。"此外，目击者维利尤斯·帕特丘拉斯还嘲讽地写道："日耳曼人生性野蛮，极为狡猾，是天生的骗子。他们编造出一堆假的诉讼争议，并互相将对方传送上庭。"当罗马的法官——也就是瓦卢斯——平息纷争之后，他们会表示感谢。因为他们本来要以武力解决的事情，现在可以通过法律来处理妥当。"这样，他们骗得瓦卢斯完全掉以轻

维利尤斯·帕特丘拉斯

维利尤斯·帕特丘拉斯在瓦卢斯战役时期在日耳曼尼亚当军官。他可以被视为一些事件的见证者。尽管他离此事件很近，维利尤斯却没有对瓦卢斯战役的地点或过程进行任何描述。他的叙述是站在提比略一边，对其有利的。

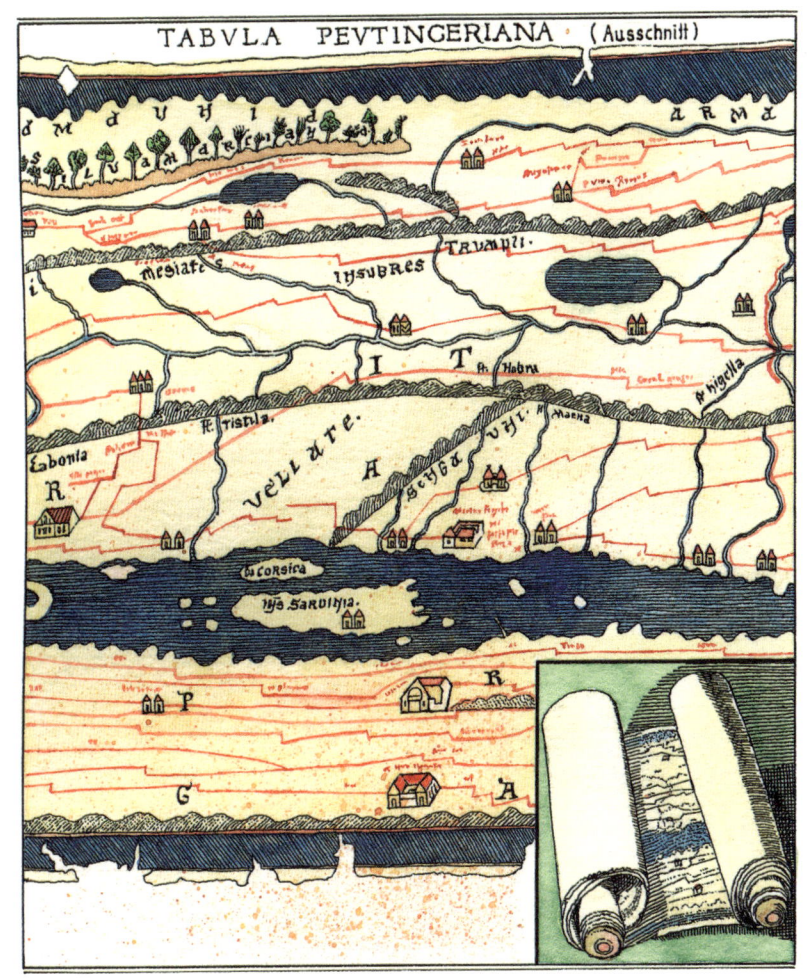

波伊廷格地图——一幅七米长的交通图

这幅地图的命名来自于1508年左右获得这幅地图的奥格斯堡人文主义者康拉德·波伊廷格（Konrad Peutinger）。它是13世纪时用羊皮纸制成的，是一副晚期罗马地图的复制品。它的特殊之处是：它长682厘米，宽只有34厘米，可以从两边卷起来。这幅地图描绘了当时已知的从不列颠到印度的世界——但这些国家在地图上就像口香糖那样严重被拉伸了。因为这幅地图太窄了，原本应相叠在一起的城市和城堡在地图上直接被一个接一个地排列起来。被阿尔卑斯山阻隔的地区在地图上靠得很近。它看起来更像是一幅公交线路或是地铁线路的交通图，而不像是一幅地图——线条表明罗马道路的走向，标记代表各个车站，每一站之间的距离也被标示了出来。这对于沿着罗马道路前行的旅行者来说是一个十分有意义的定向参照物。

心。最终，他相信，他是在罗马执法，而不是在日耳曼尼亚的地区中央"，维利尤斯·帕特丘拉斯这么写道。接下来是对突袭的描写——这个唯一的目击者写道："我要在一本相应的书中描写这一可怕灾难的经过。"但是，他之后要么没有写下过这本书，要么这本书遗失了。

维利尤斯归结了导致这次灾难发生的三个因素："领导者的松懈、敌人的阴谋诡计和不公的命运。"毕竟当时的人们都深信，巨大的成功或失败都是神的判决。

在我们开始研究另外三位历史学家之前，我们必须再说明一点，其他几位作者生活和写作的时间都至少在这场战役发生的100年后了。那这些描述到底能有多精确呢？他们是一边阅读旧的报道一边查看地图的吗？人们可以在历史书中一再读到如下的场景："奥古斯都大帝让他的地理学家们把所有可用的地图都放在他的面前，并钻研日耳曼尼亚的形势。"罗马的统治者和将军们真的在他们面前摊开了那些上面绘有整个欧洲、地中海区域和近东地区的地图吗？不，大多数罗马人看不懂地图。旅行家们和地理学家们虽然已经汇集了一些关于当时已知世界的知识，但这些知识是以文字的形式继续传播的。在当时已有的少量的地图中，每个人都按照自己的意愿来绘制地图。罗马的地理学家自然把罗马画得很大，剩余的世界则画得小一些，而几乎不知名的或是不重要的地区则画得更小一些。当时的地图也并没有被系统地收集起来用于战争。对那些描写瓦卢斯战役的罗马作家来说，也是如此。

公元9年春天，瓦卢斯率领着他的军队沿着利珀河向东行军，这一点是没有争议的。最晚在衰落的安雷彭军营之后，就不再有任何罗马街道和任何补给点了。士兵们肯定在那里的什么地方建了他们的夏季营地。日耳曼人是不可信任的，但他们的指挥官却有完全不同的看法——下一位作家是这么告诉我们的：弗罗鲁斯。

伦理学家弗罗鲁斯

我们只是大概知道卢修斯·安纳乌斯·弗罗鲁斯生活和写作的年代，大约从公元 100 年到公元 150 年。他出生于非洲，大概在哈德良皇帝在位期间（公元 117 年到公元 138 年）写下了从罗马战争到奥古斯都时期的历史故事。这也差不多已经是我们所知道的关于弗罗鲁斯的所有事情了。但是，其中一个细节对我们来说十分重要，弗罗鲁斯颂扬了德鲁苏斯的行为，并相应地贬低了其他人的所作所为。在弗罗鲁斯的描写中，一切从德鲁苏斯死后开始每况愈下。特别是新来的总督被他"贬损了一通"："日耳曼人开始憎恨奎因克提里乌斯·瓦卢斯的贪婪和傲慢以及他的残暴。"但瓦卢斯主要是在尝试用新的规章制度来约束野蛮的日耳曼人。据弗罗鲁斯所述，他实际上只是更加激起了报复心理："这些判决造成的破坏比武器还要严重！"弗罗鲁斯断言道，这种盲目的司法判决甚至就是失败的直接原因："这个无知的、天不怕地不怕的人将那些人传召到法庭上来——多么轻率——他们从四面八方过来。军营被洗劫一空，三个军团被消灭了。"在弗罗鲁斯笔下，瓦卢斯和他的军团在夏季营地中被袭击，并被敌人用最残忍的方式击败、折磨和杀害。但是，他并没有提及这一营地所在的地方。

公元 9 年的早秋，一支无尽的队伍沿着利珀河穿过这片地区，由军队和其辎重队组成，包括 20000 名士兵、10000 名平民以及无数骡子和牛车。这个夏季营地在哪儿？这一通向覆灭的回程行军是怎么样的？这些问题引起了一场至今为止在德国土地上还未曾出现过的搜寻。这主要归咎于

弗罗鲁斯

弗罗鲁斯是一位来自非洲的历史编纂者。他在事情发生的一百多年之后写了他的著作。他在书中将这场惨败的罪责都推给了瓦卢斯。可惜的是，他并没有对战役地点进行描述。

第五章　在舍鲁斯克人领地发生了什么？

我们的下一位候选人。

颇有影响力的塔西佗

普布里乌斯·克奈里乌斯·塔西佗生活在约公元 55 年到公元 113 年间，他是罗马的政治家和历史学家。令人遗憾的是，我们对他的生平了解甚少。但十分明确的是，塔西佗是当时的皇帝多米提安的坚决反对者，并且他从来没有亲自到过日耳曼尼亚。他所写的著作中有三本流传给了我们：《编年史》(*Annales*)、《历史》(*Historiae*) 和著名的《日耳曼尼亚志》(*Germania*)。这本书的原书名叫作《关于日耳曼人的起源和分布》(*De origine et situ Germanorum*)。尽管在塔西佗生活的年代，罗马早已不再是一个共和国了，塔西佗还是终身拥护共和政体。对他来说，帝制是罗马的堕落。他把《日耳曼尼亚志》中对日耳曼人的描写当作"高贵的野蛮人"的教育剧，在其中特别突出了日耳曼人的某些积极品质，并借此间接地抨击罗马社会的衰落。日耳曼男人们尽管野蛮，但他们并不堕落——忠诚、正直、善战，而且女人们十分朴素谦虚。借此，塔西佗想说的是，可惜我们罗马人已经不再具备这些重要的性格特征，现在我们正在败坏这些日耳曼人："我们现在教会他们接受钱币了。"

在《编年史》中，这位历史学家讲述的主要是公元 12 年到 15 年日尔曼尼库斯领导下的罗马复仇战役。其中只有几个段落是描写瓦卢斯战役的。由此，我们了解到，瓦卢斯在战役前夜大摆筵席招待阿米尼乌斯和其敌人塞格斯特斯。塞格斯特斯再次警告瓦卢斯要提防起义，但瓦卢斯继续信任阿米尼乌斯。在此之前，阿米尼乌斯劫持了塞格斯特斯的女儿图斯内尔达，并使其怀孕。对于真正的战役，或者更确切地说，对于日尔曼尼库斯在几年之后发现的场景，塔西佗是这么描写的："瓦卢斯的第一个军营从规模和主场地来讲是为三个军团建立的。在半倒塌的壁垒和低矮的壕沟旁边，人们可以看到已经死掉的罗马人定居的地方。在战场中心白骨累累。"塔西佗从来没有到过日耳曼尼亚，他既没有描写败北的军团的行军路线，也没有描绘对抗日耳曼人的战役。尽管如此，随着塔西佗的著作重新被发现，一场围绕着战役发生地点的争议也开始了。

等一下——这里所说的塔西佗被"重新发现"是什么意思？很长一段时间内，大多数人对罗马时代都几乎一无所知。尤其是在中世纪，人们只顾着努力生存下去。他们没有时间去研究过去的事情。但对修道院来说，并不是这样的。对于今天的我们来说，修道院就像是与世隔绝的地方，是一段遥远的过去的残留物。这在中世纪是完全不同的——修道院是进步和知识的中心。人们在修道院花园中种植药草，这些药草不仅可在做菜时使用，还可用于医疗。人们在修道院的地窖中榨葡萄汁酿酒，蒸馏出烧酒，并酿制啤酒。但最重要的是，在修道院的图书馆中保存着古希腊罗马的知识。为了使恺撒、塔西佗和许多其他古希腊罗马时期作家的著作能够历经几世纪后不被毁坏且能够继续流传，人们必须一遍一遍地誊写这些书。因为当时既没有复印机，印刷术也还没有被发明。

修士们在修道院的文书室中从清晨一直坐到深夜，在

婆娘绝不可能！

"婆娘"（Tussi）对今天的我们来说是一句骂人的话。"Tussi"是"Thusnelda"（图斯内尔达）的缩写。"图斯内尔达"也被用作一句脏话。在鲁尔区，人们用这个词汇指代使男人厌烦的、过度打扮的、过分兴奋的女人。实际上，记载的第一位图斯内尔达是日耳曼部族首领塞格斯特斯的女儿。塞格斯特斯已经将她许配给了另一个男人，也许是另一个友好部族的领袖之子。但图斯内尔达肯定是极其聪明且美丽的，使得阿米尼乌斯要历尽艰难险阻来将她拐骗走。他甚至冒着起义失败的风险。因为阿米尼乌斯诱拐图斯内尔达并与她结婚是违背她的父亲的意愿的。当阿米尼乌斯参战的时候，她已经怀孕了。

塔西佗

塔西佗只是间接地描述了瓦卢斯战役。但他给出了一个不精确的地址，并以此引起了一场搜寻热。尽管他从来没有到过日耳曼尼亚，他也想以日耳曼人为例来教育罗马人。

第五章 在舍鲁斯克人领地发生了什么？

寒冷和微弱的光中誊抄每一篇文章和整本整本的书籍。为此，他们不能只简单地买来纸和笔。修士们通过一种费劲的工序用兽皮制造出羊皮纸。羊皮纸是当时用来誊写的材料。没有经过鞣制的兽皮必须被脱毛、弄平并用白垩泥提亮，最后被撑开晾干。

真正的书写过程从打草稿开始。人们先用石笔在蜡板上刻出草稿，未来的誊写员和修道院学校学生也会用这种蜡板来练习。如果草稿正确的话，人们就会用一支鹅毛笔和墨水将它转抄到羊皮纸上。修士们将写好的纸张折起来，装订成书籍。书籍的封面是用薄薄的木片做的，木片上还有一层皮革。封面上还有金属装饰片，有的还有锁。

塔西佗的《编年史》也以这种方式流传了1500年之久——起初是在富尔达的修道院，后来出于不明原因被保存在了科魏堡修道院。1507年，《编年史》的一部分被一位不明人士偷走。因为全世界突然又开始对罗马时期的历史感兴趣了。那是"文艺复兴"的时代。"文艺复兴"的字面意思即为"再生"，意味着对于一段过去时代的回溯，即古希腊罗马时期。其文化、知识和成就又被重新发现和高度重视。因为在1500年左右印刷术的新技术已经发展起来了，1607年就出现了塔西佗著作的第一批印刷版本。

当时，知识分子们手中不仅有一份关于罗马人和日耳曼人的报道，还有一份可信的关于瓦卢斯战役地点的描述。因为塔西佗还对与日尔曼尼库斯罗马复仇战役（公元15年）相关的瓦卢斯战役地点进行了描述："……利珀河与埃姆斯河之间的地区都被毁了。人们离条顿堡森林不远了。据说那里横陈着军团和他们的将领瓦卢斯的遗骸。"

等一等——文中写的真的是"条顿堡森林"吗？不，当然不是。这篇文章最初是用拉丁文撰写的。原文中写着"TEUTOBURGIENSI SALTU"。可气的是，这不能完全被翻译过来，因为拉丁文中并没有"Teuto"这个词。但我们也并不知道日耳曼尼亚有"条顿"这个地方。罗马作家们和希腊地理学家们也没有提到过相应的地区——除了塔西佗。所以，不完整的翻译应该是："条顿"堡地区的山林。但这片山林在哪儿呢？

除了这一模糊的地点描述之外，研究者们掌握的线索也并不多。业余研究者 A 十分希望罗马人在战败逃亡路途中经过了他的村子。他的希望如此强烈，以至于他只在为这一论点收集证据。历史学家 B 则试着将原始资料中仅有的几个名字和地点描述进行新的阐释。哈尔滕可以追溯到 ALISO 这个名字上去吗？这样的话，哈尔滕就是瓦卢斯战役中不多的罗马幸存者躲避的堡垒了。那么，战役应该是在西边发生的。考古学家 C 在一片丘陵边发现了恺撒时期的罗马钱币。这些出土物清楚表明了战役的发生地点。因此，希尔德斯海姆周围地区也有可能是战役地点，因为人们在那里发现了一片罗马时代的银宝藏。

700 种理论——四大类别——一场战役

这样一来，最终产生了约 700 种关于战场所在地的理论。关于定位的讨论到现在为止越来越严肃，定位可以分为四个大类：明斯特兰理论所指的地区、利珀河理论所指的利珀河的山丘、南方论所指的其南部地区以及北方论所指的其北部地区。

所谓的明斯特兰理论将战役定位在威斯特法伦东南部的平地，也就是在贝库姆山区周围的地区。但是，是谁说必须要在利珀河北部寻找战场的？"南方论"的拥护者深信，瓦卢斯战役是发生在藻厄兰地区的东部（索斯特以南及以东）。那里毕竟有罗马的铅矿。而且现在人们也在科内培林豪森附近找到了一个罗马军营。然而，"利珀河理论"有着最多、最有名的支持者。这一理论将战役定位于条顿堡森林的东半边或条顿堡森林与威悉河的中间地带。1559 年，著名学者菲利普·梅兰希通第一次提出了这一理论。但影响更加深远的是，1669 年帕德博恩的主教费迪南·冯·菲斯特贝格对这一理论表示支持。依据塔西佗的注释"TEUTOBURGIENSI SALTU"，他将森林茂密的奥斯宁山脉正式更名为"条顿堡森林"。很快，这个名字又反过来有助于将战役定位在那里。人们将这种情况叫作循环论证。但这也是有真正的证据的。当弗里德里希·戈特利布·克洛普施托克于 1774 年将"条顿堡森林"定位为瓦卢斯战役发生地时，他是将出土物作为证据的：头骨、武器和上面有恺撒和奥古斯都图像的钱币。但从 19 世纪开始，人们将事情进一步简化了，从那时起，这场战役完全自然而然地被称为了"条顿堡森林战役"。然而，"北方论"也获得了知名的拥护者。在维恩山和威悉山的北部边界常常发现罗马的钱币——身为地方历史学家，但同时也是罗马人研究先驱的特奥多尔·蒙森将这里定位为瓦卢斯战役发生地。

随着时间流逝，一些事情有所改善，变得更加清楚、更加明显。但是人们没能将瓦卢斯领导下的罗马军团的行军路线和战役地点确定下来。种种推测不断。1983 年，古希腊罗马研究者威廉·温克尔曼做了一份总结："关于瓦卢斯的军团惨败的地点共有 700 种理论——但是没有一种理论能使人找到战场。"这主要是因为罗马作者们没有说明作战地点，或仅仅给出了模糊不清的描述。唯一能帮我们逃出这一困境的是一位历史学家的著作。然而，这位对于地点和事件过程给出了最为详细的描述的作者，却是离事件发生隔着最久的。

认真的卡西乌斯·狄奥

卡西乌斯·狄奥·科切亚努斯出生于公元164年左右，在公元229年之后去世。他是一名历史学家，来自比提尼亚（位于小亚细亚），用希腊语写作。他在罗马取得了很大的成就，曾两次被任命为执政官。他著写了一部80册的书《罗马史》——从建城开始到公元229年。但并不是所有部分都保留到了我们的时代。卡西乌斯·狄奥不仅能够使用罗马的28座公共图书馆来完成他的著作，他还能够使用元老院和皇宫的档案馆。他是唯一一个描写到罗马人已经在日耳曼尼亚建立城市和集市的人。日耳曼人在一个缓慢的变化过程中适应了罗马人的生活方式。"他们几乎没有注意到，他们的性格发生了变化。"但之后瓦卢斯来了，以他不得体的行为破坏了一切。他过于急切地想要在整个日耳曼尼亚引入罗马的法律和税收制度，但日耳曼人只是表面上接受了这些。

第五章 在舍鲁斯克人领地发生了什么？

在叙述这些时，卡西乌斯是除了塔西佗之外的唯一一位说明了位置的："日耳曼人促使瓦卢斯迁离莱茵河，进入舍鲁斯克人的地域，到了威悉河边。"他在那里建立了一个夏季营地，日耳曼人营造出的安全的假象蒙蔽了他。但卡西乌斯对于灾难如何来临的描述与维利尤斯、塔西佗和弗罗鲁斯完全不同。这三位常常只是粗略简述了一下事件：瓦卢斯和他的军队在营地中进行对日耳曼人的审判，在其中一个审判日，营地被袭击了，一部分军团被杀死。剩下的一部分军队在另一个军营或是一个相当于撤军堡垒的地方被袭击并被歼灭。

与之相反，卡西乌斯·狄奥是这么描述发生的事件的，瓦卢斯和他的军队离开了夏季营地。据说一个日耳曼部族发动了暴动，他们偏离了回程的行军路线，去终止这场暴动。但这只是狡猾的阿米尼乌斯编造的故事，为的是引诱军队进入布有埋伏的地点。卡西乌斯写道，沿着罗马人的逃亡路线展开了长达四天的战斗——最后以一个惨烈的结局结束。数量还在增加的日耳曼人给罗马人设下了一个圈套，并大规模屠杀了他们。

但是卡西乌斯·狄奥的描述可靠吗？比如，对于地貌的描述就很引人注意。"山区布满深谷和丘陵，树木分布密集又异常高大，以至于罗马人得费力砍伐树木、开辟道路并建造水堤。"利珀河和威悉河之间的地区真的是这么难以进入的吗？有地理学家和地质学家是研究古代地貌的。他们说，不——这又是一种罗马式的夸张。

实际上，在日耳曼尼亚，院子和聚居区都是自由分散分布的。它们不是由坚固的道路来连接的，而是通过被踩出来的小径。这些小径的使用频率越高，它们就越宽。这些小径在这片土地上交织成一整片网络。尽管如此，这也能把外地人搞糊涂——因为这些道路并不是直接从西向东延伸，而是

卡西乌斯·狄奥

卡西乌斯·狄奥是一位来自比提尼亚的历史编纂者。他在事情发生 150 至 200 年之后写了他的著作。他十分详细地描述了战役。

从院子到院子蜿蜒穿过这片土地。另外，这些小路常常不够宽，容不下罗马人的牛车。但罗马人肯定不必在丛林中开辟道路，否则他们就得为道路花上几个月的时间。他们的先锋队只需拓宽道路，填满泥坑。

> **实际发生的事**
>
> 至少在所有古代的报道中还存在一些一致之处：公元9年夏天，瓦卢斯与他的士兵们、他的顾问阿米尼乌斯以及有他统领的后备军在位于舍鲁斯克人领地上的一个军营中。但这个夏季军营指的并不是哈尔滕，因为它的位置太偏西了。而安雷彭在当时已经被废弃了。瓦卢斯在这个夏季军营中执行审判，并完全错误地估计了形势。他相信日耳曼人对罗马统治十分满意并服从罗马律法。另外，他还盲目地信任他的日耳曼顾问阿米尼乌斯，并信赖他那在罗马军队中数一数二的三个军团的战斗力。但阿米尼乌斯反叛了，在夏季军营中或在返回冬季军营的途中袭击了军团。所有报道都这么评价，整个困境的主要责任在于瓦卢斯，但似乎诸神也在与罗马人一方作对。

我们在寻找什么——如果我们相信卡西乌斯·狄奥的话？

瓦卢斯和他的军团在公元9年采取的线路是从主营地出发，差不多朝正东方向行进到达夏季营地，再在秋天从那里原路返回。但路线拐了一个大弯，大致是朝着西北方向。主营地很有可能是哈尔滕。从那里出发沿着利珀河到达威悉河边的明登？从几十年前开始，人们就开始寻找这个夏季营地了，但可惜徒劳无果。至少找到一个军营也是好的呀！

但是我们能从瓦卢斯军团的行军中知道些什么呢？士兵们每天平均行进15千米，最多20千米。如果地形艰难，那么他们行进的距离则更短。等一等——士兵们在平地上也不能走更多的路了吗？一个普通的徒步旅行者步行15千米只需要三小时。不，通常来讲，罗马军团士兵在一天之内走不了更远了。这主要是因为他们的装备。一个罗马军团士兵在行军途中必须在身上携带什么呢？士兵们的服装由四个部分组成：一件亚麻制的下装、一件羊毛制的短袖束腰内长袍、一件皮背心和一条围巾。士兵们会视天气状况脱掉其中几个单独的部分。罗马人在脚上穿军用凉鞋。这种鞋子与今天的凉鞋的唯一共同之处就是它能使脚透气，

第五章 在舍鲁斯克人领地发生了什么？

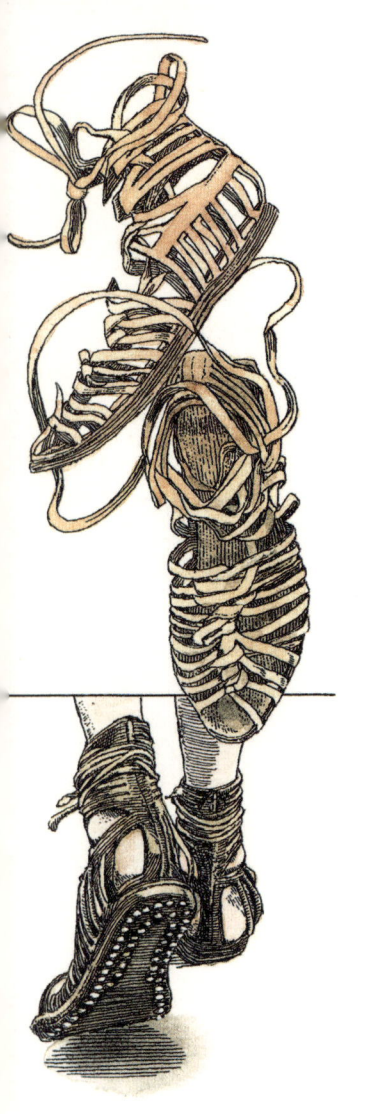

因为罗马人主要生活在地中海周围的温暖地区。此外，一双军用凉鞋是用厚实牢固的皮制成的，高于脚踝。鞋底用120颗铁钉加固，可以使它不那么快被穿坏。（另外，使用钉子加固的鞋底在20世纪还大大流行。）这种皮制凉鞋对于军团的长途行军十分理想。另外还有装备和武器，普通士兵们主要携带一件铁制锁子甲、一个头盔、一面巨大的用木头和皮革做成的盾牌、一把匕首、一把剑和一支或两支矛。

衣物、装备和武器加起来已经至少有30千克重。另外，士兵们还随身携带一个袋子，用一根杆子将袋子挑在肩上。袋子里除了约三天的食物量外，还有一个装满水的军用水壶、一个锅和一些私人物品：可能是一个护身符，也可能是首饰或一个玩具。另外，士兵们当然还得有一个地方来放他们的钱包。没有军饷的话，他们就得在路上挨饿了。这些东西还能再加上20千克的重量。

带着笨重武器和50千克重物的行军必定不同于令人心情舒畅的散步。在这样一个行军日的末尾，辛苦的工作才算真正开始。当指挥官下令吹小号时，他们就算到达了他们的宿营地。先锋队在这片地区丈量出一个大的矩形区域。树木被砍伐掉，区域被弄得平整。然后士兵们拿起锄头和铲子，挖出一条战壕，建起一道防护墙。

在去往瓦卢斯的夏季营地的线路上大概有几个行军营地呢？从哈尔滕到威悉河约有150千米，相当于八到十天的行军，那么应该有过好几个行军营地。可能还有两到三个行军营地位于偏离的路线上。可能曾有过十个甚至十三个行军营地。这些营地还能找得到吗？巨大的、矩形的壕沟留下了痕迹，尽管它们又被填埋住了。从高处看，这些痕迹即使在千年之后也极其好辨认。因此，考古学家们也利用起了航拍图。从高处可以清楚地辨别地表上小小的凹地或者土堆在早晨和傍晚投射出的阴影。

连在地上完全消失了的建筑也常常可以从空中通过地面的颜色差异和植被辨认出来。在填埋后的壕沟中，草和谷物生长更加茂盛，因为那里的土地比周围更加透气。在多石的地基（墙基）上，植物发育不良，比周围地区的植物枯萎得更快。人们以这种方式在过去几十年中在其他许多地方得到了新的考古发现：赫德明登的罗马军营、黑森的罗马人聚居地瓦尔德基尔梅斯。在埃姆斯河沿岸还发现了德鲁苏斯、提比略和日尔曼尼库斯指挥的罗马战役的真实痕迹。但在被认为可能是瓦卢斯行军线路的地区呢？那里的发现就很少，尽管进行了密集的搜寻，也使用了航拍图和红外线照片，但仍没有行军营地，没有罗马人行走过的路线，没有战场。

"关于瓦卢斯的军团惨败的地点共有700种理论——但是没有一种理论能使人找到战场"，威廉·温克尔曼于1983年总结了这一情况。他不就是想以此说明，这一搜寻是毫无希望的吗？但他说的并不完全正确。有一条很热门的线索——只是专家们都有意忽视了它。这就像在一本精彩的侦探小说中一样。每个人都能看到了这一线索，只是没有人注意到它。因为每个人都深爱他自己的理论。一位精力充沛的英国军官最先于1987年走上了舞台。

第六章

寻找真正的地点

在本章节中,我们将继续追问,为什么在 100 年或者 200 年前还没有人研究卡尔克里泽的战场?

　　1982年，奥斯纳布吕克。沃尔夫冈·史吕特已经在这里当了七年城市和专区考古学家。现在，他想将这片地区中所有关于公元元年前后的发掘地整理出来，用来写一篇学术文章。在此过程中，有一个地区一再出现：大部分发掘地都在卡尔克里泽山的北部、东部和西部。如果他有时间，他想深入探究这件事情。史吕特写完了这篇文章，然后又接到了许多其他的任务。卡尔克里泽就被搁置了。

　　公元9年，瓦卢斯的夏季营地。日耳曼尼亚总督行使司法权，并征收税费。在这段时间中，阿米尼乌斯驻守在军营里吗？还是时不时地溜走，去为袭击军团做准备？阿米尼乌斯当时还是一支后备军队的行政长官吗？

　　但最重要的问题是，阿米尼乌斯为什么要改旗易帜？他在罗马度过了一段青年时期，获得了骑士的头衔。他肯定和罗马的军官们结下了友谊，比如维利尤斯·帕特丘拉斯。对此有不同的可能答案，但是没有一种答案得到了确证。也许他想为在童年时代被强行掠走这件事复仇；也许他想将日耳曼人从一种不公的压迫中解放出来，因为瓦卢斯扩大了对日耳曼人的司法权，并提高了税收——但两者都不为日耳曼人所接受。塔西佗称阿米尼乌斯为日耳曼尼亚解放者，他将自由、荣誉和传统视为己任。也许他无论如何都想要晋升为日耳曼人的第一任国王——就像马波德成为马科曼尼人的国王一样。但也有可能这起初只是日耳曼的后备军队的暴乱，后来扩大成了罗马人和日耳曼人之间的激烈战役。

因为罗马人对待后备军队就像对待二等士兵，他们经常被刁难和嘲笑。同时，他们还得打最危险的战役，做脏活累活。他们完成这些事情，军饷却比军团士兵少得多，还更频繁地被处罚。就像在潘诺尼亚已经发生的一样，在日耳曼尼亚，后备军队也即将掀起一场暴动。

还有最后一种可能性可以解释阿米尼乌斯的行为，也许是因为一段爱情故事。我们已经说过，他劫持了美丽的图斯内尔达。其父亲是罗马人的可靠同盟者。所以当时他与罗马人脱离关系是为了逃避罗马的法律判决？

一位英国军官来了，进行了搜寻并有所发现

1987年初夏，奥斯纳布吕克。一个奇怪的男人站在沃尔夫冈·史吕特的书桌前，用带着轻微英国口音的德语说："我想在这片区域寻找罗马遗迹！"托尼·科伦并不是众多乡土学者中的一名，他不属于700多个理论家的圈子。托尼·科伦是英国人，并从头到脚都是士兵。从15岁开始，他就在英国军队中服役。在他的闲暇时间，他对罗马人的战场和遗迹产生了兴趣。1987年夏天，英国军官科伦被调动到了德国，调到了在奥斯纳布吕克驻地的皇家军队医疗部队第二装甲战地医院。他到达之后的第一个月内，他对这座城市还并不熟悉。但他很快就作为业余考古学家开展

土中的古代之物属于谁？

这句话在我们历史的很长一段时间中都适用：人们将找到的东西占为己有并按自己的目的来使用它。我们已经听说了，罗马人的墓碑被基督教的僧侣改造成了"装饰石块"；如果人们与被埋葬者有着一样的宗教，这就是一种罪孽。或者人们会害怕强大的亡灵会来复仇。但将异教徒的墓地洗劫一空是人类历史上很常见的。公元6世纪最终击垮罗马帝国的哥特人的国王狄奥多里克甚至还以法律规定，在罗马人坟墓中发现的金银宝藏没有主人，因此它们是"无主之物"。而今天在全世界通行的正相反，地面上下以及水中（离海岸三英里之内区域都适用）所有的历史遗物都自动成为统治那片地区的各个国家的所有物。因为文化相关的问题在德国是州政府的任务，因此责任也由各个州立文物保护局来担负。

起工作来。科伦来了，进行了搜寻，并有所发现。

人们怎么成为一位如此成功的业余考古学家呢？科伦考虑过夏季军营和军团行军路线的可能地点吗？不，如果他在工作时头脑中有着这样的计划的话，他可能永远都不会做出如此引起轰动的发现。托尼·科伦采取了十分实际的行动。我们已经说到，他与当地的文物保护者取得了联系。并不仅仅是因为那里的人可以给予他建议与帮助。他还为自己的搜寻取得了许可，因为没有许可就在地里挖掘古代宝藏的人将自动变成一个盗墓者。

托尼·科伦成了奥斯纳布吕克考古文物保护局的名誉雇员。然后他从一个搬家纸板箱中取出了他的十分灵敏的金属探测器，并为它擦去灰尘。在一个英国小岛上搜寻宝藏时，他就靠着这个工具取得了巨大收获。但是他应该从哪里开始呢？按照逻辑，他会从已经发掘出出土物的地方开始。在考古学中，这一规则是成立的：在发现了一些东西的地方，可能还有更多的东西等着去发现。沃尔夫冈·史吕特建议他在奥斯纳布吕克以北20千米的地方去搜寻，也就是在卡尔克里泽周围。但科伦在进入这片地区前就已经详细研究了古旧的地图和著作。他很快发现了一个合适的地点。

等一等——既然已经有大量的出土物、地图和著作，那么为什么卡尔克里泽的战场没有在更早的时候被人们发现呢？实际上，在科伦之前已经有几个搜寻者十分接近了。在17世纪，公众就已经第一次注意到了卡尔克里泽周围地区。这片区域属于海因里希·西吉斯蒙德·冯·巴尔伯爵。他的家人住在巴伦纳城堡。伯爵是一个十分聪明的人。他知道,当发掘出金子和银子的时候,他的手下并不一定会听命于他。于是他宣布,在这片土地上发现了银币或金币并将之交给伯爵的人可以得到一大笔奖励。这很管用。这位城堡主人渐渐地建立起了一个可观的罗马钱币收藏。1716年就已经有一本书提到了这一收藏,但没有推断出瓦卢斯战役。1768年,学者尤斯图斯·默泽描述了这些钱币:"农民们总是能找到罗马钱币,当他们在卡尔克里泽耕作的时候。没有一个钱币是晚于奥古斯都大帝时期的。"但他把瓦卢斯战役定位在奥斯纳布吕克附近。然而,这些认识被一个巨大的纪念碑推翻了。

中世纪的垃圾回收——翻草皮

翻草皮,也叫作厚熟土,是中世纪的一种耕地施肥的特殊形式。人们从田地上挖掉一块带着根和根上附着的泥土的草皮。随着草皮,土也被挖了出来。牛、羊等家畜吃掉植物并用它们的粪便为草皮施肥。这些草皮会在一段时间之后再次被带回田地。这样一来,人们就以一种自然的方式为田地施了肥,并能够每年进行新一轮耕种。对考古学家们来说,这有着神奇的副作用:中世纪时期,在罗马-日耳曼时期的土层之上形成了一层真正的保护层。

小教授反对大纪念碑

1871年,许多德意志小邦国终于结合起来建立了统一的德意志帝国。在这种情况下,人们就可以好好利用一位历史上的民族英雄人物了。因此人们就做了这件事情,他们在条顿堡森林竖立起了一个巨大的纪念碑来纪念舍鲁斯克人赫尔曼将罗马人驱赶出日耳曼尼亚的事迹。因为根据塔西佗所述,战役是在那里发生的。(但我们已经知道,由于塔西佗的注解,奥斯宁山脉在18世纪才被更名为"条顿堡森林"。)

等一等——舍鲁斯克人

赫尔曼纪念碑

赫尔曼纪念碑是19世纪在德国建立的众多民族纪念碑中的一座。它共有53.46米高,其中基座高26.89米,比26.57米高的赫尔曼雕像稍高了几厘米。它是用砂岩雕刻而成的,看上去像一座圆形神庙。雕像本身由一副钢管架子组成。架子上安装了经过捶打的铜板。恩斯特·冯·班德尔依照人们在19世纪对他的想象来呈现赫尔曼。这个身材魁梧的、蓄着大胡子的男人看起来仿佛他在一场瓦格纳歌剧中担任主角。这主要是因为他那巨大的带有两翼的头盔。这头盔在战斗中非常不实用,佩戴者会到处被挂住。两翼会吸引敌人的剑,并将其引向佩戴者的脑袋。在他的盾牌上写着:"忠诚"。右臂向上伸出,高举着剑,作为胜利的标志。单单这剑就有七米长,重550千克。在刀刃上方刻着两句格言。正面刻着:"德国统一即我之强!"背面是:"我之强即德国势力!"但这只有乘坐着热气球缓慢飞过雕像的人才能看到。

赫尔曼一下子成了大英雄？是的，不仅奥斯宁山脉经历了一次转变，我们伟大的日耳曼人领袖也同样发生了变化。在16世纪，人们不再喜欢阿米尼乌斯这个名字了，因为这是这位日耳曼英雄的罗马名字，他的原本的日耳曼名字并没有流传下来。没关系，人们说，我们叫他赫尔曼——意思是"军队中的男人"或"荣誉提醒者"。有些人称，改革家马丁·路德本人就是这位新的起名者。但这也并不是确凿的论断。

雕塑家恩斯特·冯·班德尔将此作为自己的终身事业，要为这位伟大的德意志民族英雄赫尔曼、德意志帝国和他自己竖立一个纪念碑。1838年，他开始着手动工。他有一个伟大的计划，但欠缺资金。幸好绍姆堡－利珀的侯爵提供了地基。在条顿堡森林南部有一处高地，在很远的地方都能看到。人们在原始时代之前就在高达386米的条顿山山顶设立了一个祭祀台——纪念碑就该设立在这里，其他任何一个地方都不行。德国的各个地方都成立了赫尔曼协会，为此积极筹款。

恩斯特·冯·班德尔花了8年时间将一块砂岩雕做成了纪念碑的底座。当他完工的时候，他背负了4000塔勒的债务，这是一笔巨大的数目。到了1846年左右，这个计划甚至看起来像是再也不会完成了。冯·班德尔必须迁居到汉诺威，为了在那里工作并赚钱。直到1871年德意志统一，人们久久期盼的突破到来了。德意志帝国支持了这项计划，皇帝威廉一世亲自从他的私人财产中拿出了一部分作为捐款。这时，恩斯特·冯·班德尔开始进行捶打了，用一张张铜板做出了他心中赫尔曼的形象。这耗尽了他最后一点力气。1875年，人们为纪念碑举行了落成仪式。一年之后，这位艺术家去世了。但这一纪念碑竖立起来还不到十年，就有一位教授喊道："等一下，瓦卢斯战役完全是在别的地方发生的呀！"

1885 年 1 月 15 日，这位古代史教授特奥多尔·蒙森在柏林普鲁士科学院举行了题为《瓦卢斯战役地点》的报告。在报告中，他得出了以下结论："我认为，在巴伦纳及其附近发现的钱币属于公元 9 年在范纳穆尔（卡尔克里泽对面）灭亡的瓦卢斯军队的遗物。"这仅仅是一名教授的古怪评论吗？

为了能够对这一论述做出判断，我们必须想一想，特奥多尔·蒙森这人是谁？事先说明一点，天才们并不一定是好人。这句话对于一个像特奥多尔·蒙森这样的古怪教授来说特别适用。他看上去就像一个典型的"心不在焉的教授"：矮个子，一个大大的鹰钩鼻，鼻子上架着一副眼镜，头发乱糟糟的。他的嘴巴还很毒，称所有人都很蠢，尤其是他的同事们——他叫他们"疯子"或"小傻瓜"。对于寻找瓦卢斯战役地点这一行动，他也是极尽嘲讽："这些讨厌的地方学者凭着他们的爱国主义争论只能填满那些大大小小的讨论纸，用他们狭隘的争论来逗乐观众！"与他的个人交往十分艰难。就连他的朋友们也感受到了这一点，就如历史学家格奥尔格·冯·魏斯说的："可惜的是，这个男人就是一把磨快了的刀，人们必须小心翼翼地对待他。"

但这个难以相处的男人为德国的罗马研究打开了大门。蒙森在伽尔丁的一个穷苦牧师家庭长大。父亲给他的四个儿子传授了丰富的学识和德意志民族思想——因为石勒苏益格和荷尔斯泰因当时还属于丹麦。蒙森学习法律，尽管他反对丹麦政府，他仍旧在 1844 年获得了政府提供的奖学金。

蒙森前往意大利并在那里待了三年。他本想研究法律条文的铭文，但是并没有一个包括了所有罗马铭文的全面可靠的陈列馆。所以蒙森开始投身于这项任务。他有时候带着一把梯子在这个地方穿行,因为这些文字常常被刻在建筑和桥梁的高处。凭借着《拉丁铭文大全》(*Corpus Inscriptionum Latinarum*),蒙森由一位法学家变成了一位历史学家。他遵循着这条格言:回到源头去。这是个十分重要的步骤,因为历史学家们只研究书籍。由书籍产生新的书籍。所有人都写书,至今为止也常常互相抄袭。就像传话游戏那样,小小的错误混进来,变得越来越大。因此,回到铭文中这一步骤非常重要。铭文从2000年前就刻在那里,而且是不可改变的。这是德国罗马时代考古学的第一步。

蒙森的职业生涯起起落落。他获得了一个在莱比锡的罗马法教职,后来又丢掉了这份工作,因为他参加了示威游行支持民主制。他必须先去国外待上几年,才能在普鲁士重新作为学者站稳脚跟。他还写了厚厚的大部头著作,包括一部三卷本的基础著作《罗马公法》和一部五卷本的《罗马法》。他甚至在1902年因《罗马法》获得了诺贝尔文学奖。

当蒙森听说在卡尔克里泽山区周边地区出土了大量罗马钱币之后,他就派了一名同事前往那里,为他在现场收集所有的信息和证据。在搜寻工作结束时,这位历史学家深信瓦卢斯战役曾经是在这里发生的。蒙森在他的《罗马史》中将这场战役评价为"民族命运的转折点"。但是蒙森无法用他的理论来说服专业人士们。这些少量的罗马钱币不足以作为一个科学的证据。

罗马人的武器和装备在哪里?战斗痕迹在哪里?日耳曼人曾经存在的证明在哪里?另外,金币和银币并不一定出现在普通士兵的口袋中。如果是的话,那肯定还能找到大堆的铜币和青铜币,反对者当时是这么来论证的。历史学家们和业余研究者又重新开始向罗马作者们求助,并勤奋地发展出新的理论和计划。当时人们会因为没有继续追踪这条线索就错过了一个机会吗？

不，考古学在当时还没有达到能够搜寻像一个战场那样一片巨大区域的地步，因为这里只有几个硬币和几个装备零件。而且所有东西都在地底深处。只有运气很好的时候，才有农民用犁耙从土里挖出几个东西来。人们用锄头和铲子从哪里开始挖呢？研究者为了找到一些东西就得把整个地区的土地全部翻一遍。在土地中寻找遗物在技术上不具备可能性。但是在100年后，对于托尼·科伦来说，事情就完全不同了。

公元9年秋天，瓦卢斯下令废弃夏季营地，和他的军团一起回到冬季营地去。一队长达几千米的纵队行进在威悉河和利珀河之间的区域：三个军团、三个骑士团和六个后备军队加起来约有20000名士兵，再加上10000名妇女、孩子、帮工和奴隶及无数头驮畜。倾盆大雨的时候，这支队伍只能缓慢前行。他们肯定在地上留下了一道宽宽的车辙痕迹。行李会丢失，个别的车很有可能被遗弃。然而，就像一支幽灵军队一样，这些痕迹一个都找不到。

1987年夏天。可惜的是，过去400年间在卡尔克里泽地区找到的那些罗马钱币在第二次世界大战的混乱中遗失了。但记载着这些发掘地的地图和报道恰巧来到了托尼·科伦面前。他预感到了一个机遇，但是这些材料有一个弱点，它们年代久远，而科伦需要的是尽可能准确的、最新的报道。因为一份已经有几百年历史的报道几乎没有用处。在此期间，那里的一切都变得不一样了，城市扩张了，旧的街道偏离了，就连河流也在几百年间改变了它们的河道。

然而，科伦后来得知了1963年的一次发掘行动。这一发掘有着准确的地点描述。它位于"卢特克鲁格"附近"老赫尔路"路边的田地。旧的道路很少改道——今天的一些乡村公路还是依照着罗马时代开辟的路线。老赫尔路在

1987年还存在，文中引证的卢特克鲁格附近的交叉路口也还在。科伦和沃尔夫冈·史吕特前往此地，一起找到了一位当时钱币出土的见证人。虽然钱币不知为何消失了，但这位农民为这两位研究者指出了相关的那片田地以及出土物大致的位置。几天之后，科伦开始着手动工。他应该从哪里开始呢？从一个特殊的地点。科伦辨认出了田地中一条轻微的、长长的隆起。这有可能是从前的一条道路，而这恰巧就是他所寻找的东西，因为道路边缘一再证明是绝佳的发掘地。他开始来来回回地摇动他的金属探测器。

但是，人们依靠这个到底能找到什么呢？就如它的名字所示，金属探测器能在土地中发现金属物体，但仅限于那些足够大并且在土地上层的物体——在像田地这样的紧实土地中探测深度可达25厘米深，在沙地中则可更深一些。可惜的是，土地上层就是经常被农民的犁耙翻来翻去的区域。也就是说，如果人们在田地上发现了什么东西，那远不能说明这就是2000年前在那里遗失的。它可能随着时间被犁耙带得越来越远。另外，这里20多年来都没有再发现过罗马遗物了。这些科伦都知道——但他仍开始着手动工。在头几个星期，他找到的主要都是瓶盖、香烟和巧克力包装上的锡纸。

1987年7月5日，接近14点。托尼·科伦还能回忆起那一刻的每一个细节："我在我挖好的那个小洞上方晃动我的金属探测器，我再一次在我的

金属探测器——考古学家的福与祸

金属探测器极大程度上减轻了考古学家的工作量。但考古学家们借助它们能够做到的事情，其他人恰恰也能做到。虽然金属探测器并不是在每个五金店都能买到，但可以通过邮购获得。每个想要金属探测器的人都可以买到它。有些人觉得在海滩寻找丢失的手表和钱币十分好玩。另一些人则想要借此寻找真正名贵的古代宝藏，例如罗马时期的钱币、维京人的银库或是所谓的军备——武器、弹药或是上一场战争中的装备。尽管这是被禁止的，但还是有寻宝书和网页告诉人们在哪里、以什么方式可以找到什么东西。完全无所顾忌的人弄来州立文物保护局的地图，连夜用他们的金属探测器搜查可能的考古地点。比如，内布拉星象盘这块迄今为止最古老的描绘星空的铜牌就是这么被发现的。但是当盗墓者想要卖掉他们的赃物时，警察把他们抓住了。

耳机中听到了那清晰的两次响声，表明发现了一个大的圆形物体。"但是他在洞里没有发现金属物体。他将他掘出的土拿在手里，将探测器再次放在洞的上方旋转："没有信号。因此，这个物体，不论是什么东西，就在我手中的土块里。"

他将手中的土块捏碎，一枚罗马的第纳尔出现了——尽管这枚银币的表面已经在土里变黑了，但有一些地方还闪着银色的光。在接下来的几个小时中，科伦还发现了第二枚钱币。当他的手中攥着第三枚罗马钱币的时候，他表现得就像在公共纸篓中发现了一捆 500 欧元大钞一样。他十分平静地捡起他的发现物，尽可能不惹人注意地左右看了看。有人在观察他吗？是的，那是途中的行人们——在不到 100 米远处！有些人十分感兴趣地看着科伦，那个家伙拿着那个奇怪的仪器在草地上干什么？科伦十分冷静地用土重新将那些洞填上，将草盖在上面。他平静地记下了他的发掘地的具体位置，用缓慢的步伐离开了草地，将他的装备放在了他的车里。行人们没有起任何疑心，继续向前走着。

科伦十分激动，自然想立刻通知专区考古学家沃尔夫冈·史吕特。但史吕特已经离开去度为期两周的假期了。所以科伦必须等史吕特回来。期间，他根据一本钱币编录手册鉴定了他的三枚钱币：它们是奥古斯都大帝时期的银第纳尔，在公元前 2 年到公元 1 年之间在里昂铸造。托尼·科伦就在他的发掘地继续寻找，渐渐地挖掘出 105 枚第纳尔。这些是一个分散的宝藏的其中一部分。

并不是钱币，而是一些"铅豆子"
让考古学家们欣喜若狂

在沃尔夫冈·史吕特回来之后，这些出土物让他十分开心。但是，学者们必须在那一年结束在奥斯纳布吕克大教堂的文物挖掘工作。另外，他和他的同事们仍旧保持怀疑——这些钱币看起来像属于一个宝藏。仍旧没有证明一场战役的明确痕迹。

科伦因此灰心了吗？不，他是一名士兵，也被称为"毅力先生"。在整个秋天他继续进行搜寻，在第二年天气转暖可以进行工作的时候，又立马投入其中。在春天，除了钱币之外，他还发现了几个小小的金属物体，有可能是罗马人装备的一部分——其中有三个卵形的铅块，看起来就像超大号的咖啡豆。不久之后，科伦将他的出土物交给那位专区考古学家，在那里集合的学者们就像着迷了似的盯着这些铅做的豆子：机弦子弹！随着第一批兵器的发现，专家们改变了他们的想法。系统性的搜索可以开始了。

等一等——铅子弹在罗马军队中很典型吗？实际上，我们想到罗马军团士兵时就会想到剑、盾牌和长矛。因此，我们再来仔细地看看公元前后罗马人的装备和武器。罗马军团士兵配有三种攻击型武器和防卫武器，人们对此有非常多的误解。

防卫武器主要包括盾牌、头盔和甲胄。军团所使用的盾牌是矩形的，弯曲度很大，十分沉重。它不是由金属板制成的，而是由几块包裹着皮革的木板做成的。在盾牌前侧把手高度处有一个铁制突起物，在抢夺中，士兵们可以用

实验考古学还是体验考古学？

以箭、弓和锁子甲所做的这次尝试是真正的实验考古学的一个极佳例子。历史学家们和考古学家们通过这次试验对于罗马士兵的易受伤性或者说防御性有了新的见解。但有些将自己称为实验考古学的活动实际上只是"体验考古学"。例如用维京人的器皿并按照他们的方法酿造出啤酒（蜂蜜酒）。这对于第一次喝这种酒的人来说是一种全新的体验。或者，一个所谓的扮演团队的成员将自己装扮成罗马人，像罗马人那样吃饭、打仗或角斗。这就向观众们传达了一幅那个时代的日常图景。但考古学家们不能再从中得到新的见解。

它来伤害对手。一部分头盔是用铜制成的，但也已经有铁制的头盔了。头盔是圆形的，就像现在的头盔一样，只是背面稍长一些，为了保护脆弱的后颈免受打击。在侧面固定着护颊，通过铰链可以进行折叠，因为它们会限制视线。

让我们来到甲胄部分。在当时，真正用金属壳做的胸甲只有军官才能使用，士兵们穿戴的是锁子甲。它是无袖T恤的形制，在侧面有小扣子可以将之合在一起。但当时也有人已经穿上了所谓的"板甲"，它由胸片和条状铁片组成，用皮带或铰链互相绑在一起，覆盖胸部、背部和肩膀。士兵们可以用鳞甲来增加防护力。鳞甲是缝合在贴身衣物上的小铁片。另外还有臂甲和腿甲，与足球中的护腿板类似。只是它们是由金属片做成的，可以用皮带固定在腿上或手臂上。

但这些铠甲能起到多大用处呢？在士兵们看来，这值得他们在长达几周的强行军途中扛着这些沉重的装备吗？因为罗马作者们没有对此作出可靠的说明，这就成了实验考古学的经典案例。

因此，实验考古学提出了这样的问题，当一支箭射在一个穿着厚厚的短袖束腰内长袍且在外穿了一套锁子甲或一套胸甲的人身上会怎么样呢？人们按照出土物仿造了箭头、锁子甲和盔甲。箭当然不会射在被试们身上，而是射在靶子上。人们用一件短袖束腰内长袍将部分胸甲或锁子甲和相应的填充物固定在了靶子上。

箭头无法穿透一件至少有1.5毫米厚的板甲。但锁子甲也提供了相当好的保护，根据弓箭的力量、与目标之间的距离和箭头种类不同，箭会被挡住或者只稍稍穿过防护层，最多穿过三厘米。因为士兵们穿着厚厚的贴身衣物，这只能造成表面伤。但也有一个例外，用一种特殊形状的箭镞的箭——这种箭镞就像有四个棱角的金字塔。因为这种箭

锁子甲和短战！

《宾虚》和许多其他罗马人电影都是关于公元元年前后的。我们在那里看到了什么？穿着一件铜胸甲的罗马士兵。我们现在知道了，普通士兵穿的是锁子甲。

对于长达几小时的肉搏的描述同样也是错误的。防御以及用长矛和剑进行击打和穿刺一般来说只持续几分钟。最多15分钟之后，军团兵们就完全精疲力尽了。漫长的战役主要由策略性的手段组成：行军、用远距离武器射击、进军以及撤退。那像健美运动员一般的角斗士形象也是错误的。在2000年拍摄的电影《角斗士》中，大力士们看起来就像是从力量训练室出来的，没有一点赘肉。他们是竞技的美学家。他们吃炖牛肉，当然也穿着凉鞋。但实际上角斗士们几乎只吃素食——而且十分单一：谷物和豆子、豆子和谷物。这样才能有计划地长出脂肪层。然后这些脂肪在战斗中形成一层生物性的"防护马甲"：形成的伤口通常只是无害的割伤，不会伤及主动脉或内脏。肥胖的、没有经过多少锻炼的素食者——这些事实深深地隐藏在电影世界之后。

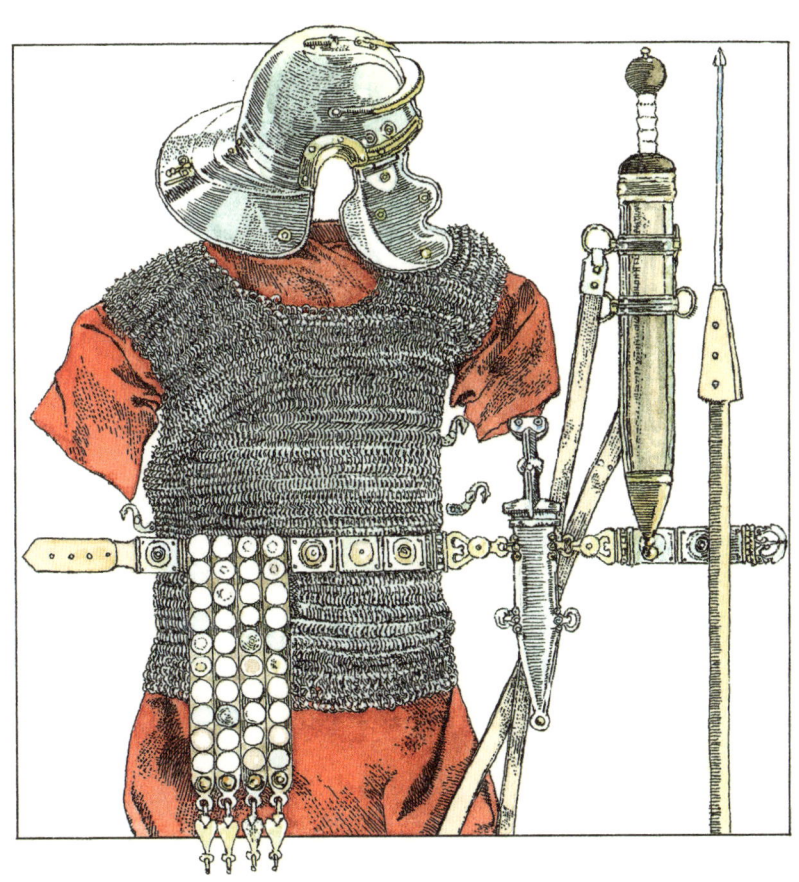

镞比箭杆更粗，它会在锁子甲上戳开一个洞，随后箭杆能够通过这个洞不受摩擦地穿进去。这种箭能深深地插入士兵的身体中。但即使箭头没有穿透锁子甲，其射中点的冲击力也能使中箭者暂时失去作战能力或甚至遭受严重的内伤。但最重要的一点也十分清楚，日耳曼人靠着弓箭并不能大量歼灭罗马人。

近战武器：在公元元年前后，双刃短剑（GLADUIS）是近战中最重要的武器。这种剑的剑刃长达60厘米，剑尖极其坚硬。剑柄是木制的。剑鞘用薄木板制成，上面钉有铜片，且常带有装饰物。另外，士兵们通常还随身携带一把匕首。

远程武器：用于在一定距离之外打击对手的最重要的武器是投枪（PILUM）。它由一根约一米长的木棍及固定在木棍上的同样一米长的铁制标枪组成。如果投射成功，重投枪的四角枪头就能轻易穿透敌人的盾牌和防护甲。铁制的枪杆能轻易没入击中处，人们无法再从牺牲者的身体中将它们抽出来了。

弓、箭及能发射石头、烤过的陶土块和"机弦子弹"的机弦也属于后备军队的远程武器。机弦是现代弹弓的前身，当时还没有牢靠的橡皮筋。机弦是一块长条形的布兜，其两端都固定了绳子加以延长。在布兜中放上一个铅子弹或者一块石头，抓住两条绳子，在头顶上方离心甩动，然后放开其中一条绳子。这个过程需要丰富的技巧和经验——但效果出众，40克铅能以极大的冲击力击中敌人。在50米距离内，它能造成严重的伤害。在300米内，它能在敌人身上造成令人痛苦的伤口。

最后，罗马军团所使用的远程武器还包括了那些需要借助大型器具的武器。它在军事专业术语中叫作"弩炮"：看起来像是固定在一个木制底座上的大型弩的木制投射器。

人们用它将铁刺射向敌方阵营。还有将大石块投向堡垒的投射器。但是研究者们怀疑罗马人并没有在夏季战役中携带这样沉重的器械,因为那时日耳曼人并没有要塞设施。

回到1988年夏天的卢特克鲁格。小小的机弦子弹的出土带来了重大突破。因为这说明这些钱币并不是埋藏起来,或是丢失了。罗马的后备军在这里和别人打了仗,而在战斗中他们遗失了钱币。

考古学家们走啊走,走啊走

当时,考古学家们已做好挖掘的准备。但是有一个很大的问题,他们应该从哪里开始呢?只有一片小小的、有限的区域是合适的。因为即使战场可能覆盖了大面积区域,要翻掘数公里内的所有田地,并系统性地搜遍这些翻掘过的土地也不那么容易。所以,学者们与托尼·科伦一起开始了一项所谓的调查。调查就是实地巡逻——许多人以几米的间隔排列开来进行巡逻——就像在犯罪案件中的追踪一样。只是他们在调查中寻找的是因水土流失或农业操作而出现在地表的古代物品。另外,人们在今天常常使用金属探测器,这样也能发现在土壤上层的金属物体了。考古学家们就这样系统性地搜寻了卡尔克里泽周边的地区。这在1988年持续了一整年,直到1989年秋天才结束。

期间,考古学家们发现的当然不只是罗马武器和钱币。不,大部分出土物来自另一个时代。

罗马兵器——
极佳的防护,
但也是沉重的负担

士兵们必须随身带着沉重的武器和装备长达几周或甚至几个月,这样他们就可以在短时间内执行任务。各件装备物品的重量为:

头盔	2.0kg
锁子甲	12.0kg
腰带	1.2kg
盾牌	10.0kg
带鞘的剑	2.2kg
带鞘的匕首	1.1kg
长矛	1.9kg

总重量	30.4kg

在瓦卢斯博物馆的一个陈列柜中展出了这样的出土物：生锈的钉子、马蹄铁、油膏罐子、灯罩和啤酒罐，但主要是大量生锈的、因此不能辨别原始形状或作用的金属部件。在几个搜寻地区还出现了许多只在过去的罗马军营或罗马人居住区才会出现的罗马出土物：钱币、武器和日常用品。

所有的出土点都在卡尔克里泽-尼威德谷地地区。它长约6千米，形成了一种自然的漏斗状。这片区域北靠一片巨大的沼泽地，南靠卡尔克里泽山。在最狭窄的地方只有一个仅一千米宽的隘口。这个隘口在卡尔克里泽山脚结束的地方有一个特殊的名字：上厄什。考古学家们在这里发现了特别多的金属物品。这样，第一个挖掘地点就确定下来了，但考古学家们真的会在这里找到瓦卢斯军团与阿米尼乌斯带领的日耳曼人之间战役的痕迹吗？或者说，报纸很快就会写道，这些研究者们怎么就能相信，偏偏是他们找到了在德国搜寻了百年无果的战场呢？

第七章

考古学家如何侦察一片古战场?

在本章节中，
我们将提出这个问题：
当时是一场瓦卢斯战役还是
多场瓦卢斯战役?

公元 9 年秋天，瓦卢斯废弃了人们猜测设立在现在的明登附近的夏季营地，带领着他的军团行军前往在哈尔滕的冬季军营。阿米尼乌斯在最后的几周多次离开罗马军队。为了为起义赢得尽可能多的部族，他多次拜访部族领袖们并说服了他们：是的，他们肯定会胜利的！他们当然收获大量战利品！最主要的是他们不必再忍受罗马人的侮辱了！不，罗马人不会在野蛮人内地深处打复仇战役的！很显然，他成功地用这种方法说服了舍鲁斯克人的大部分部族以及夏登人和布鲁克特人。我们并不知晓，阿米尼乌斯在当时还是不是罗马后备军的军官，以及他是不是在公开背叛瓦卢斯。但这也不是关键，因为罗马人一有机会就会极尽手段，利用欺骗和背叛来达到他们的军事目的。只是这一次，他们自己就是被欺骗和被背叛的那一方。

1989 年秋天。他们发现这些事件的线索了吗？当奥斯纳布吕克的考古学家沃尔夫冈·史吕特和他的小团队在 20 世纪 80 年代末开始在卡尔克里泽挖掘的时候，他们这么问自己。虽然他们起初将搜寻限定在上厄什地区，但他们在这里也只能挖掘这一范围内的一小部分区域。他们必须决定,他们要在哪里进行略长形的、几米深的搜寻挖掘。为此,考古学家们也利用了航拍图。在一张航拍图上,他们在地上发现了深色斑点、一条蛇形线和两个圆圈。这很可能是人类活动的痕迹。

通常情况下,土里的墙体会妨碍植物的生长。从空中看,这些地方比周围地区颜色更浅。而且,草在用土填埋的壕沟上长得更加密集,这些地方会形成深色区。曾有人在上厄什挖过壕沟吗?为什么要在战场上挖环形的壕沟呢?考古学家们没有一点经验可以参照,因为卡尔克里泽将是欧洲第一个进行考古研究的古战场。

等一等——考古学家们到底怎么知道他们要用什么工具、要挖得多深?在卡尔克里泽,大多数罗马出土物都在50到100厘米深处。这是我们都已熟知的"厚熟土"所造成的。因为农民反复将草皮撒在田地上,罗马的文物就被覆盖住了。所以挖掘机可以安全地将表层土挖掉,而不损伤出土物。然后考古学家们才开始使用铲子、锄头、刮刀和刷子。工作者们在每一步挖掘时都会问自己:我们到了对的地点吗?日耳曼人是在这里引诱罗马人进入了圈套吗?

古代出土物在地下多深处?

古代物品在地下的深度与出土物已经在那里多久是没有多大关系的。一座新石器时代的、具有8000年历史的圆形神庙在欧洲中部一般只有20到50厘米深。在美索不达米亚只有其一半历史的巴比伦(4200年)却有20米深。这主要与所谓的侵蚀作用有关。热和冷等自然力量将一块块岩石块从山体中炸出来。然后雨水将它们和冲刷下来的部分一起冲洗下山。但这些自然力量在各个不同地区的强度是不同的。比如,在沙漠中几乎没有侵蚀作用。在叙利亚沙漠的巴尔米亚,古老神庙的柱子在今天还露天矗立着。侵蚀作用的力量在山坡和河谷尤其显著。这里的居住区可以在一夜之间被淹没。尽管如此,人们还是喜欢在那里定居,因为在河流的淤泥中和山地的卵石中藏着矿物质。这些矿物质能让土地变得肥沃多产。巴比伦也是位于一个河谷之中。自从这座城市被遗弃之后,它每年都被幼发拉底河淹没,被一层又一层新的淤泥层覆盖。

第七章 考古学家如何侦察一片古战场？

记录着一次文物发掘的日记

考古学家们的工作在希望和担忧之间反复摇摆。当我们将1989年到1996年之间最重要的出土发现、最大的问题和继续发展的情况以日记的形式来看的话，那么这一点就很明了了：

+++ 1989：发掘工作在后半年，即9月4日才开始。在几周之内开辟了六处挖掘地点——但收效甚微，只发现了一些铅制砝码和一些玻璃棋子。研究者们还想继续进行挖掘。这里发现了陶土碎片和柱洞。一个罗马时期之前的农庄。战役的遗迹在哪里呢？

+++ 1989年年12月22日：圣诞节前两天，找到了一个保存完整的罗马人的先锋斧！

+++ 1990年1月12日：在圣诞节后又有了重大发现。挖出来了一个巨大的、生了锈的球形物。把它清理干净并修复完整之后，人们发现它是所有出土物中的精品，一个装饰有银片的铁制面具。但银片不知道什么时候被扯下来了。这种面具应该是阅兵时用的，而不是作战时。它将会成为卡尔克里泽发掘地的象征物。

+++ 1991年：有更多的工作者参与到了挖掘中来。搜寻的中心是在航拍图上显示为深色蛇形线条的地层。在发掘工作的最后可以确定，这是一道用沙子和草皮建成的壕沟留下的痕迹。考古学家们猜测，这不是罗马人建的，而是日耳曼人建起来的。

+++ 1992年：考古学家们发现了一个钟形物，钟内填满了2000年前的古老植物的残余物。这个钟形物被成捆的蕨类植物和燕麦填满，并被当作车轮罩覆盖在辕杆上。植物考古学家也发现了茎叶还能够保存至今的原因，周围所有有机物质都腐败了，金属制的钟形物却以一种奇特的方式将植物残余保存了下来。

+++ 1993年：在周围地区开展进一步调查。当时，发掘地约有30平方千米，越来越多的金属物品被挖掘出来。发掘物早就超过了1000件。现在研究界非常确信，在卡尔克里泽一定发生过一场庞大的军事事件。

+++ 1995年：在挖掘地22C，考古学家们发现了一些骨头。这些骨头很软，就像橡胶做的。考古学家们还挖出了一个神秘的由骨头和金属做成的东西。为了保护它在挖掘过程中不破碎，人们将它用一些土壤固定了起来。当时，

研究——跨学科

卡尔克里泽的考古学家们很久以来就不能自己利用所有的出土物，因此他们与其他研究机构一起联合组成了一个网络：

- 罗马-日耳曼委员会的考古学家们研究德国境内的罗马界墙以及罗马人的碉堡和城市已有100多年。他们以自己的经验来为现场的考古学家们提供支持。
- 哥廷根大学的人类学家们在研究上百年或上千年的人类骨骸方面经验丰富。
- 汉诺威大学的植物考古学家们研究花粉和在相关地层中的其他植物痕迹。
- 奥尔登堡大学的土壤学家十分熟悉德国北部的土壤关系、沼泽和农业。
- 图宾根大学的考古动物学家在考古发掘地的动物遗骸研究方面占据世界领先地位（如在特洛伊）。
- 法兰克福历史博物馆的古币学家，即钱币研究者，专注于已发掘出来的钱币的分类和日期标注。

考古学家们对所有易碎的出土物都会这么做。在工作室中，人们发现这件出土物其实是一个人类颌骨。这个颌骨在2000年前被粘在一个架子上，作为盔甲的翎饰。这两件无疑都是一个罗马军团兵的遗物。

+++ 1996年，沃尔夫冈·史吕特想要知道结果，他邀请了约200名专家来奥斯纳布吕克，向他们介绍挖掘成果。他们当中的大部分人都信服了。一名古币学者解释道，这些被发掘的钱币清楚地确定了这一事件的时间：公元9年。科学的论证就是这样进行的，有人进行了研究，并从中得出他的认识。他将这些认识总结成论点，并在学者们的重要论坛上介绍他的论点。如果遭到大量批判，这位学者就收回他的论点。如果大多数人赞成他的观点，那么这些论点就得到了公认——至少是暂时性的。尽管如此，个别的批评者几乎总是存在的。

在几年系统性的发掘工作之后，考古学家们已经挖掘出了1000多件物品。他们现在把这些物品利用了起来。等一等——到底什么叫作"把出土物利用起来"？当然，出土物首先得先挖掘出来，尽可能使它们不受损坏。因此，很小或十分易碎的物品会用石膏浇注，然后再取出来。每一个物品无论多小都会得到一个"出土物卡片"。这是一种索引卡片，上面记录着物品种类、具体的发掘地点和时间以及它出土前在土中的状况，就像在犯罪侦查追踪中那样。这些关于出土物的情况使得考古学们之后能够得出重要的结论。如果这些文物被不正当地挖掘，比如被盗墓者或未经训练的业余考古学家挖掘，这些信息就会丢失。然后这些出土物就会来到修复室，专家们就在那里对它们进行处理。人们会最先将最小的文物从它们的石膏模中取出，清洁并研究：这到底是什么？这将如何保存？如翎饰的架子这样的金属物品就会被这样仔细地一层一层清理掉锈渍和其他污渍。而像软颌骨这样容易衰变的出土物会被保存起来。

考古学家们在卡尔克里泽挖掘期间找到了什么呢？在大量罗马文物中，主要是劫掠的日耳曼人所忽略的金属小部件。或者是人们遗弃在那里的毁坏了的物品的残骸。当时，日耳曼人有很大的挑选余地。这些小部件中的大部分都来自军事装备物品：腰带扣、锁子甲的胸扣、剑鞘护环、纽扣、围裙的饰片、长袍的别针，也就是所谓的衣襟别针以及头盔的提手。所有这些都是铜制的。还有大量来自罗马人军用凉鞋的简单铁钉。但也找到了许多用铜和铁做的、有着圆形或多角形钉头的钉子，它们是用来装饰衣物或装备的。

人们找到了成堆的小型出土物，但是大件的出土物却很少。因此，当一件板甲的胸片在1994年被发掘出来的时候，

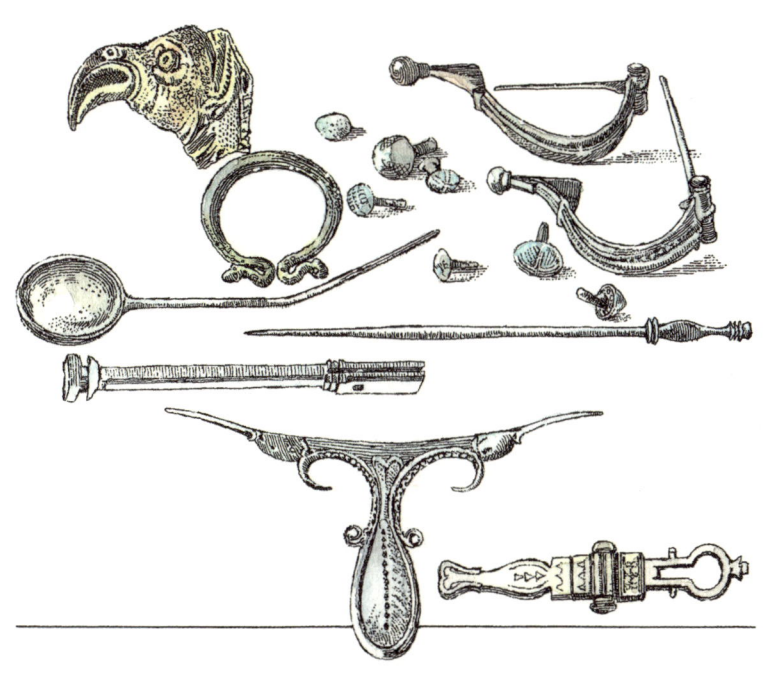

第七章 考古学家如何侦察一片古战场？

沃尔夫冈·史吕特更加喜出望外了。在这个胸片上还有一条用铜制扣子固定着的皮带。或者是铁制配件——一面盾牌的突起物和凸缘加固物。铁制的武器部件和装备部件被大量发掘出来，有矛尖、箭镞以及投枪。有一些投枪还带有木杆的残余部分。还有工具，如一把先锋斧和一把横口斧，横口斧也是锄头的一种。另外，考古学家们还找到了骡子挽具的部件和捆在动物身上的钟状物。这些是补给队的痕迹。

但考古学家们也挖掘出了一些非军事用的物品，有铜制发簪、不同的铅砝码、锁以及铁锁的部件；一个坏掉的铜滤酒器、一个神甫手杖上的铜制螺旋形装饰品以及一个小银勺。除了银制面具之外，最美的出土物中是一件酒杯

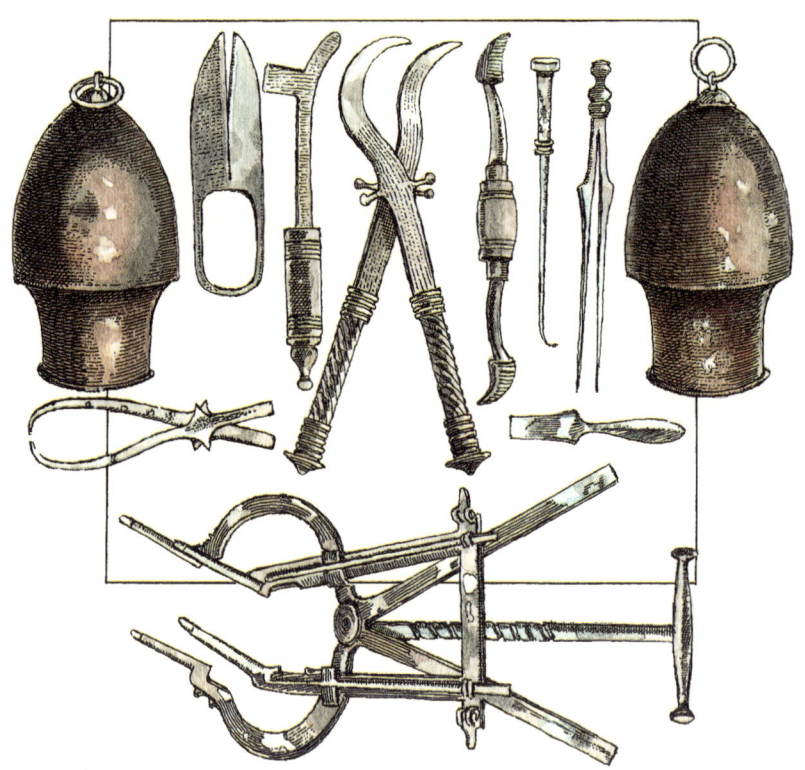

上的银制把手（就是今天的手柄）——它肯定属于一位高级军官。考古学家们还找到了手工匠、土地测量员、军医的东西，如一个用来保存镊子和针的铜盒子、一个铜制的手术刀把手、一个部分包银的撑骨器；罗马的卫生员和医生在战役中没有机会来使用它们了。从所有这些出土物中，考古学家们只能得出一个结论，这里不只是一个军团，而是一个完整的军队和它的整个辎重队被袭击并被大规模歼灭了。并不是单件出土物，而是这些出土物整体证明了这一点。因此，现在将这些出土物的一大部分放在建在战场原址上的博物馆中陈列展出是很好的。

用撑骨器和烙铁——罗马人的医学

罗马帝国的医疗有两个重点：一方面是浴疗，另一方面是对伤员的照顾，特别是对士兵和斗士。罗马人是第一个建立军医院来照顾他们的伤员的。在病人得到绷带之前，他们会先被进行外科手术治疗。那大部分用铜做成的、通常带有装饰的器具证明了这一点。最常见是用来检查伤口的探针：勺形探针、耳挖或刮针。解剖刀，即特别锋利的刀，在帝国时期通常是与其他器具配合使用：一边是一把解剖刀，一边是一根刮针。文献资料还详细记载了用来移除膀胱结石的解剖刀。同时，医生通常也会使用专门的膀胱结石钩。总的来说，有一系列辅助工具，如钝钩子和尖钩子、撑骨器、钳子、凿子、烙铁和创伤针等。外科手术用具不仅是在卡尔克里泽发掘时或在古代军营和定居地点被挖掘出来，更主要是在医生的墓中。他们在罗马帝国中到处都是。在庞贝等这样的古城中，医生在居民中的比率比一个今天的欧洲大城市要高。

这场战役是怎么来到博物馆的呢？

卡尔克里泽地区的挖掘刚一开始，第一批惊人的文物刚被发掘出来，就有人去卡尔克里泽以东的田地里朝圣。但除了玉米地和临时挖掘地之外，那儿并没有什么可以参观的。因此，考古学家们和文物保护者们决定在这个地方建立一个信息和展览中心。一个战场的博物馆应该是什么样的呢？当时并没有发掘出建筑物地基，也没有证据证明

第七章 考古学家如何侦察一片古战场？

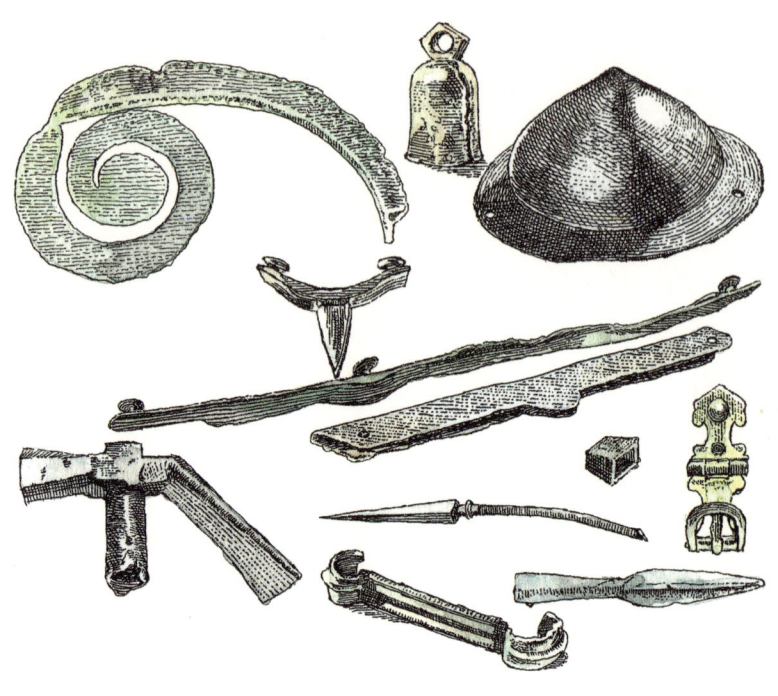

战役的具体地点或具体过程。博物馆建筑由两个大长方体部分组成，这两个长方体组成了一个巨大的 L：博物馆塔和展览楼。这个新建筑外铺上了生锈的钢板。其象征意义很明显：这里最重要的出土物是金属，但这些金属经历了 2000 年，在土中被强烈腐蚀了。

在以前还有在使用金属探测器的调查中发现的主要是银币，但在文物发掘过程中则是铜币居多。在靠近地表的地方，金属物品会受到强烈的外部影响，如雨水、寒冷和空气，因此只有银币留存了下来。在地下深处，铜、青铜和铁也可以更好地保存，但这些东西的状况很差。这也解释了为什么在过去几百年中只找到了银币。

在博物馆 40 米高的塔上，参观者们可以很好地俯瞰整个挖掘地。挖掘地北接卡尔克里泽山。南边的平原虽然已经干涸了很久，但人们可以很容易地想象出一片沼泽。考古公园分为南部的"日耳曼森林"和北部的"罗马人之路"。在"日耳曼森林"前，人们用铁棍标明了壁垒的走向。这道壁垒是日耳曼人的进攻墙，有一小段甚至是完全仿造的。"日耳曼森林"中分布着许多小径，这是日耳曼人的行军地，从山谷是看不到这个地方的。在壁垒前可以看到一条波形线状的、铺着钢板的小路，这是"罗马人之路"。钢板不规律地分布在地上，以此表明罗马人在慌乱中放弃了他们严格的行军纪律。

公元9年秋天，瓦卢斯和他的军团正在从夏季军营到冬季军营的行军路上。有人向他报告一场据说在远方爆发的暴动。至少已经有一些暴动的传言飘到了他耳边。阿米尼乌斯和其他的日耳曼首领及其后备军队离开了军团。他们想要为瓦卢斯动员更多的士兵。但实际上，他们是与来自敌对的舍鲁斯克人、夏登人和布鲁克特人的日耳曼部族的其他反叛者会面。

这三个军团及其骑士团和六队后备军及整个由妇女、儿童、帮工和奴隶及无数头驮畜组成的辎重队必须在这片弯路重重的地区以一列窄窄的队形前行。队伍有几千米长，且只能缓慢前进。与此同时，日耳曼人设下了一个完美的埋伏。军团从东边进军。在距离隘口还有约三千米的地方出现了第一次袭击。这时，罗马人努力快速向前行军，直接进入了卡尔克里泽的埋伏地。

现在，研究者们甚至可以准确说出卡尔克里泽的山谷在2000年前是什么样的。罗马作者们说过，军团被密林和深谷包围。这是不对的，土壤学家说道。今天，这个山谷就相当于一个缓和的低地，但之前这里更加不平整，地面要比现在更深至多一米。但研究者们不仅发现了中世纪农业的痕迹，在发掘地，他们还发现了一个以前的日耳曼仓库的柱洞。日耳曼人已经在这里进行了很长一段时间的农

第七章 考古学家如何侦察一片古战场？

业耕作。在瓦卢斯战役时期，这个农庄又有很长一段时间被废弃了。后来的日耳曼人于公元9年居住在西南方向约五千米处，在今天的安特。但卡尔克里泽山谷并没有重新长出森林，而是被用作了家畜牧场。花粉说明了这点，在有阳光的地方有长着荨麻的开阔草地，在遮阴的地方则长着蕨类植物。当罗马人于公元9年秋天靠近卡尔克里泽的时候，他们的眼前就出现了这样的景象：一片被草覆盖的低地，这片低地形成了一片林中空地。这是一幅宁静和平的景象，但也是一片理想的埋伏地点——结果证明也是如此。被困在卡尔克里泽山、沼泽和壁垒之间，罗马人无法发挥他们的长处，被大规模屠杀。

根据出土地点甚至还可以标记出瓦卢斯军队的路线。因为大部分贵金属钱币出土物——即银币和金币——都出自六个挖掘地点。但这并不是宝藏，考古学家们说，这些并不是有意埋藏起来的财宝，否则这些钱币应该被藏在容器里。这是逃亡中丢失的物品。但根据这堆出土物可以推测出至少有一次发生在卡尔克里泽前的袭击、一次在卡尔克里泽的主要攻击和两次之后的战斗。

等一等——这是不是说，瓦卢斯战役的具体位置这一最大的谜团已经在今天解开了？不，并不是。怀疑和怀疑者还一直存在——其中有考古学家、历史学家和钱币研究者。他们最常提的问题是，在那里还有没有可能发生过一场更早或更晚的战役？为什么没有日耳曼人的遗迹？阿米尼乌斯能在这么短的时间内动员足够的士兵来袭击三个军团吗？有确凿的证据证明这里发生过瓦卢斯战役吗？

让我们从最后一个问题开始。不，并没有确凿的证据证明这里发生过瓦卢斯战役。但是有一条十分接近的证据。考古学家们在一件锁子甲的两个扣子上发现了铭文：在一个上面点刻着"M AVIS I FABRICII"，在另一个上只是刻着"M AII I FAB"。这件锁子甲属于一位叫马库斯·爱厄斯（Markus Aius）的人，他在一个军团中百夫长法布里丘斯（Fabricius）率领下的第一步兵队服役。在这里灭亡的并不是一支后备部队，而是一个军团。如果马库斯·爱厄斯在他的扣子上还刻上了军团的编号，那么考古学家们就有了瓦卢斯战役在这里发生的可靠证据。

关于马库斯的铭文，更重要的是提及了他的百夫长的名字。可惜的是，并没有任何记录可以让我们知道法布里丘斯是在哪个军团里领导了他的步兵队。

第七章 考古学家如何侦察一片古战场？

在考古学家们和历史学家们中最重要的问题之一是下面这个，在这里还有没有可能发生过一场更早或更晚的战役？对于这个问题，一千余枚钱币给出了确切的答案。其中的许多硬币上都有刻铸。这对于罗马军队来说有特定的用处，并且是对瓦卢斯战役的重要证明。因为这些铸币中没有一个晚于公元9年。至今为止共找到了1466枚钱币，其中有20枚金币。最常见的银币是"盖乌斯第纳尔"，或者说是"卢修斯第纳尔"。它们是在公元前2年到公元4年之间铸造的。还有在公元前2年到公元1年之间铸造的奥古斯都的金第纳尔和银第纳尔，在上面有着奥古斯都的图像。最新的银币上刻着三个交织在一起的字母 VAR——就像瓦卢斯的名字。这个印记应该是在公元7年到公元9年间刻上去的，在瓦卢斯掌控指挥权的时期。对于判定时间同样重要的是没有找到的东西——没有出自里昂的、晚于公元10年铸造的第纳尔在之后的发掘地中出现。

罗马出土物数以千计。日耳曼人留下了什么呢？只有一个小小的骑兵马刺。这个也在博物馆里展出。但是为什么发现物如此之少？日耳曼人当然将他们自己的伤员和死者带走了。另外，他们之中的部分士兵以前从属于后备军队，用的也是罗马的装备和武器。但是还有日耳曼人留下的其他痕迹。考古学家们在航拍图上发现的蛇形线其实是一个长约400米的壁垒设施。它由沙子组成，设立在草坪上。另外肯定还有一道用木头和编织物做成的栅栏。

日耳曼人设立了这道壁垒，为了加强天然的隘口形势：一方面为了更好地将罗马人夹在中间，另一方面为了能够从这个壁垒出发攻击罗马人的侧翼。但这是不够的，研究者们在文物挖掘时在壁垒的两端也进行了挖掘搜寻。他们在那里发现了一个V型的壕沟。为了将罗马人赶入困境，日耳曼人用壕沟将他们的壁垒向北和向南进行了延伸。通过这种方式，一个完美的埋伏地点产生了。

让我们来到最后一个问题，阿米尼乌斯能在这么短短几天内动员足够的士兵来袭击三个军团吗？美国考古学家彼得·S·威尔士做了如下计算：在农庄聚居区中平均住30个人，其中三分之一的人有作战能力。每个聚居区相隔约800米。他估计舍鲁斯克人和他们的同盟者在威悉河上游的影响区域为80千米×80千米。由此得出士

日耳曼尼亚的战士们实际上是什么样的？

日耳曼战士的服装是简单又实用的。大部分人穿着长裤、一件长袖或短袖的束腰内长袍，天气冷的话再在长袍外加一件披肩。所有衣物都是由棕色或是黑色的毛织成的。一部分日耳曼人将他们的长发编成了所谓的苏维汇人发髻，这样一来他们的头发就不会在战斗中造成妨碍。使得日耳曼人在战斗中尤为出众的是他们的身高。就如我们已经听说的，他们比罗马人通常要高一个头。日耳曼战士一般不穿锁子甲或胸甲，也不戴头盔。许多对于翼盔和角盔的描述是错误的。他们的盾牌是用编织物或画有图案的木板制成的，没有用铁或皮进行加强。只有位于最前列的进攻者才拿着矛。其他日耳曼人使用复合弓。这种弓由两种木材共同组成，有着强大的张力。它们射出的箭可以穿透罗马人的锁子甲，但不会对对方造成严重的伤害。在日耳曼人中也有小型的骑兵队，他们骑的是小马。

兵的数目为：每个农庄 10 个士兵×100（80 千米长）×100 个农庄（80 千米宽）=100000 名士兵。即使我们认为这个数字估算得过高了，这个计算过程也可以说明，即使没有城市，在分布稀疏但有规律的居住区也可以得出一个相当大的居民数目。

日耳曼人如何作战？

作为一名罗马军官，阿米尼乌斯深知一个军团可能采用的战略及他们的长处和弱点。那么罗马人的作战技巧是什么样的呢？通常情况下，罗马人会将他们的步兵队以有序的队列排列，然后向敌人进军。到了距离敌人约 20 步处，他们同时扔投枪。敌人会因此受伤，至少他们的盾牌会被破坏，他们的战斗部署会被打乱。然后他们就向前挺进，从最后几米的距离叫喊着冲进敌人的队伍中去。与此同时，他们会用他们的盾牌构成一道密墙。军团士兵们会试图从这个掩护后用剑来刺伤敌人的面部和身体侧面。

但阿米尼乌斯在潘诺尼亚起义中就见识过了罗马军队。潘诺尼亚人用他们的游击战给罗马人造成了很大的困难，他们不进行公开的战斗，而只是进行出其不意的快速攻击。日耳曼人的作战方式也正是这样的，他们总是发动小型攻击。当时不是只有一场战役，而是沿着罗马人的整条行军路线有着一连串小战斗和伏击。等到罗马人筋疲力尽、沮丧气馁之后，日耳曼人才发起了最终战役。就在那里，就在他们能够将罗马人逼入在沼泽地、陡坡和日耳曼人壁垒之间的狭窄之地的地方：卡尔克里泽。

除了那道壁垒之外，我们自然没有关于日耳曼人作战方式的其他痕迹了。这很大程度上是因为他们的武器，日耳曼人在安全的壁垒后面用他们的弓射箭。但是我们已经听说了，他们用弓箭并不能给罗马人造成严重伤害或死亡。但日耳曼人并没有很大的选择余地，除了长矛以外，他们还扔尖锐沉重的石头。不管他们想不想离开他们的壁垒，日耳曼人只能在近距离或者近战中消灭罗马人。但是日耳曼人有着极佳的机会。因为在隘口中的罗马人不能形成队形。在开阔的近战中，日耳曼人的体力很占优势。尽管他们当中的一部分人也在格斗中使用剑，但他们更喜欢使用战斧。在近距离战斗中，战斧也可以用来投掷，有着毁灭性的效果。

后备军队有多么重要？

人们总是可以读到关于瓦卢斯战役的描述。其中写到，罗马人战败是因为他们在狭小的地区无法施展他们的战术，也无法发挥出他们的武器的理想效用。但这真的是关键吗？对此我们无法做出判断，但是一个很重要的情况一定要添加上去，罗马人的战术包括骑兵和后备军队，他们的任务是在战役前就削弱敌人的力量。以及在战役中袭击敌人的侧翼或后方。罗马人当时也必须放弃这一策略。骑兵队不能通过隘口。但主要的是，他们的大部分后备军队都在敌方！因为后备军队主要由日耳曼的战士组成。他们现在是为自己的家乡作战。同时，他们肯定带着他们的罗马装备和一个明显的识别记号。这样，他们的战友就不会误伤他们！

公元9年秋天。曾经属于罗马的后备军队装备精良，熟悉罗马人的作战方式。他们在开阔的地带袭击那长长的行军队伍，驱赶罗马人向前逃亡——到卡尔克里泽的隘口中

罗马人对战日耳曼人——实况直播！

不仅仅是考古学家们，还有所谓的扮演团队在寻找这些问题的答案：日耳曼人怎样生活？他们怎么进行防御？他们如何战斗？这些人对于某一段特定的旧时期十分感兴趣（罗马人、日耳曼人、凯尔特人、维京人或骑士团）。他们在业余时间中穿上那个时期的服装，仿造日耳曼人的小屋和罗马人的帐篷。他们聚在一起演绎当时的重要事件，如战役等。瓦卢斯战役自然是重大挑战之一。在卡尔克里泽，每两年都会有一场模仿战役上演。

去。罗马人在那里陷入了恐慌，士兵们和平民互相践踏。他们遭受了长矛和重石的射击，面对日耳曼战士的快速而有力的攻击也没有还手之力。"没有什么比这场在沼泽和林地中的杀戮更加血腥，没有什么比野蛮人的讥讽更加让人难以忍受，"罗马历史学家弗罗鲁斯是这么评论的，"野蛮人到现在还拥有着军队标志和两面军团鹰旗。在第三面鹰旗落入敌人之手前，军旗手将它扯了下来，塞进了他的护甲的破洞中，并就这样躲藏在淌满了血的沼泽中。"

当形势毫无希望的时候，很多罗马人都自杀了——瓦卢斯也是。他们用自己的剑自尽。但也有不少罗马士兵企图逃走，但大部分步兵都因为行军和战斗筋疲力尽，被日耳曼人抓住了。卡尔克里泽西边出土的钱币表明了这些事发生的地点，一队人明显企图向西北突围逃走，一队人企图向西南逃走。其中主要是骑兵队成功逃亡了。只有少数步兵队中的军团兵成功逃到了一个叫作 ALISO（可能是哈尔滕）的堡垒中。

公元 9 年的一个秋日早晨，卡尔克里泽。战役——更确切地说是屠杀——已经过去了。目之所及，到处都是歪七竖八横陈在地上的尸体和重伤的人。日耳曼人在战场上巡视。他们将自己的战友营救出来——伤员被运走，死者被集中运到一个墓地中。他们将马匹、车辆和口粮收集起来作为战利品，随后分配下去。但胜利者们的主要目的在于贵重物品：金饰品、银餐具、金币和银币以及军官们的豪华头盔。一个罗马人的昂贵面具作为战利品对于一个日耳曼人来说过于沉重。于是他将上面的银饰扯了下来，将剩下的部分扔在了地上。胜利者们根本看不上那些小的金属部件。这些昂贵的战利品也会被分发下去吗——还是作为宝藏存放在某地？但日耳曼人也拿了罗马人的武器和装备物品，如剑、头盔和长矛，为了之后用它们在他们神圣的小树林或沼泽地中进行献祭。

　　对于俘虏和伤员发生了什么呢？对此，我们当然又只有罗马作者们的描述了。根据弗罗鲁斯所述，日耳曼人用极其残忍的方式来对待存活下来的罗马人：挖出眼球，砍掉双手，剪掉舌头，缝上嘴巴。阿米尼乌斯命人将已经被罗马人草草掩埋的瓦卢斯的尸体重新挖出来，并将他的首级送到了波西米亚的野蛮人国王马波德那里。马波德又将首级送去了罗马。

第八章

从复仇战到巨大的壕沟

在本章节中,我们将提出这个问题:罗马帝国的界墙到底有多结实?

"QUINTILI VARE,LEGIONES REDDE！"奥古斯都大帝的这声悲叹作为一句流行语被载入了世界史中。"瓦卢斯，把我的军团还给我！"（字面上为："还我军团！"）这位皇帝因为悲痛，任由头发和胡子疯长，在他的宫殿中瞎跑，并被人看到他将自己的脑袋往墙上撞，并悲喊道："瓦卢斯，把我的军团还给我！"

现在，我们可以自己来判断，奥古斯都有没有可能做出如此激烈的反应。我们没有证据来证明奥古斯都对此做出了这样的反应——在这种情况下，证据指的是一份流传下来的目击者报告——但至少有种种迹象表明了这一点，奥古斯都深爱他的军队，第17、18和19军团是他建立的。他下达过命令，不允许这些军团编号再次被转授。"日耳曼尼亚"这一项目本应该成为他个人的胜利。藻厄兰宝贵的铅矿原本是属于他的，但是后来他失去了这些矿藏。另外，奥古斯都也不习惯失败。是的，这位皇帝对于在日耳曼尼亚的失败做出如此激烈的反应是很有可能的。还有一些证据表明，奥古斯都并不是生气，而是伤心——他命人温柔地对待他这位死去的总督。他甚至将别人转交给他的瓦卢斯的头颅安葬在他的家族陵墓中，而不是将他草草掩埋在某处。

战败的事一阵风似的在罗马流传开来。当时还没有电视机和报纸，消息都是口口相传的。就像在传话游戏中一样，故事在每一次传播过程中都发生了变化。罗马人满怀畏惧地将日耳曼人的好斗性称为"FURO TEUTONICUS"。日耳曼人的怒火毁掉了罗马人在莱茵河以东建造的所有建筑物：军营、堡垒和城市型的聚居区。据谣言所说，日耳曼人陷入了一种嗜血狂热中，他们不会停下来，直到他们将罗马夷为平地。就连奥古斯都也受到了这种令人恐惧的幻想的感染。他的贴身卫队就是由日耳曼人组成的，他立马解散了它。同时所有其他日耳曼人也必须离开首都。

同时，提比略再次接管了在日耳曼尼亚的军队指挥权。他将第2、13和20军团派往莱茵河沿岸，并命人在那里建造堡垒。但是他没有接到摆渡到莱茵河右岸的命令。他不能相信奥古斯都最终想要放弃在藻厄兰的矿井、利珀河岸的堡垒以及像瓦尔德基尔梅斯这样的聚居地。但奥古斯都再也不是从前的那个他了。除了他的忧虑之外，他还饱受肾病的折磨。公元13年，提比略的侄子、他已死去的兄弟德鲁苏斯的儿子尼禄·克劳狄乌斯·日尔曼尼库斯来到了克桑滕。他接管了八个军团的指挥权。人们只等着罗马发出开战的信号了。但人们期盼的这一信号并没有到来。而另一个消息传到了维提拉堡，奥古斯都已经在公元14年8月19日去世了。

第一任罗马皇帝维持了43年的帝国统治——对许多罗马人来说，这段统治时期是一段黄金时代。他命人在他的纪念碑上书写的功绩列表很长。但是其中也有他根本就没有完成的事：

"我平定了日耳曼尼亚。"但他在遗嘱中给他的继承人提比略提出了建议：只在帝国范围内保持活跃就好！他以这些话想要说明的是，不要染指日耳曼尼亚。提比略想要遵循这一建议——但在此之前，他还必须算一两笔账。

日尔曼尼库斯屠杀日耳曼人

起初，新皇帝也对要不要下令进军大日耳曼尼亚犹豫

不决。日尔曼尼库斯没有得到准许就从罗马出兵了。他的军队需要活动场地；在过去的几个月里，士兵之中发生了几次兵变。公元 14 年秋天，他还在与当时定居于藻厄兰东部的马西人作战。塔西佗也承认罗马人并不娇气。他们突袭安宁的村落并摧毁了这片地区。尽管日耳曼人试图在罗马人撤退时以著名的游击战术袭击他们，但日尔曼尼库斯预料到了这一点，并命令后卫部队进行掩护。在接下来的春天，罗马人就开始攻击在今天的黑森地区定居下来的夏登人。夏天，日尔曼尼库斯带领着四个军团来到了埃姆斯河和利珀河之间的区域。据说，在此期间他夺回了第 19 军团的鹰旗。然后，日尔曼尼库斯收到了来自日耳曼首领塞格斯特斯的求救信号。塞格斯特斯当时还保持着与罗马人结盟的状态。阿米尼乌斯围攻了他的岳父。日尔曼尼库斯将塞格斯特斯从包围中解救了出来。同时，怀有身孕的图斯内尔达落入了他的手中，被当作人质。就算塞格斯特斯为她求情也没有用。她毕竟是头号敌人阿米尼乌斯的妻子。

那时，阿米尼乌斯穿过了舍鲁斯克人领地，在身边聚集了更多追随者，为了进行回击。日尔曼尼库斯想要抢占先机，让他的军队兵分三路向埃姆斯河行军。在去往那里的途中，他也经过了瓦卢斯战役的地点——至少塔西佗是这么描述的："这支队伍到达了布鲁克特人领地的边缘，并蹂躏了埃姆斯河和利珀河之间的整个地区。他们当时距离'条顿堡地区的林山'不远。据说瓦卢斯和他的军团士兵的尸体还留在那里没有掩埋。那时，将军们被一种想要向士兵们证明最后的尊严的欲望抓住。凯基纳（其中一位将军）奉命先去勘察林中人迹罕至的通道，并在潮湿的沼泽地中搭建桥梁和堤道。"考古学家们能够对此进行证明吗？

第八章 从复仇战到巨大的壕沟

骨头，软得像橡胶

骨头主要由碳酸盐和钙组成，也就是钙盐。人们可以将钙盐的结构比作使得骨头变得极其稳固的支架。当骨头在地下躺了 2000 年后会发生什么呢？这完全与它们所在的地层有关。如果这一地层本身含有丰富的钙盐，那么骨头还是十分完好的，因为没有钙质从骨头流失到周围的地层中去。但如果土中几乎没有钙盐，如卡尔克里泽的沙质土壤，那么骨头中的钙盐就会流失。如糖或钙盐等特定物质倾向于均匀分布。我们知道将一块糖放入茶中时会发生的现象。这种所谓的渗透作用在骨头中也会发生：骨头失去越来越多的钙盐，变得越来越柔软。最终，它们会完全溶解，只剩下碳酸盐。

骨头——窃窃私语

让我们再次回到卡尔克里泽的发掘地点。在卡尔克里泽，考古学家们发现的不仅仅有罗马军队的金属物品，还有罗马人以及他们的役畜的有机痕迹：骨头。在他们的挖掘场地上，学者们找到了八处有着人骨和动物骨头的坑穴。其实这里的条件并不利于骨头保存，在草皮下面就是沙质土壤，沙质土壤会吸收骨头中的钙质，使得骨头溶解。但许多骨头层叠在一起，骨质流失控制在了一定的范围内。这些骨头尽管在 2000 年之后还保持着它们的形状，但是它们软得像橡胶。考古动物学家们可以证明，这些动物骨头中有马匹的，但主要还是骡子的。而骡子是罗马人使用的，日耳曼人并不用骡子。

人类学家们没有找到完整的人类骨架。但是这些骨头来自好几个人，全部是在 20 岁到 40 岁之间的男人。这符合士兵的条件。另外，医学检查也表明，这些骨头在被掩埋之前还在地表上堆积了一段时间。这也与塔西佗的报道相呼应："他们离瓦卢斯和他的军团陈尸的地点不远……这时日尔曼尼库斯为一种强烈的欲望所驱使，想对这些士兵和他们的统帅表示最后的敬意。"日尔曼尼库斯察看了战场："在战场上到处是白骨——分散的是四散逃命的人，堆起来的是战斗到底的人。在那里还有残破的武器和战马的残肢，还有非常显眼地钉在树干上的头盖骨。附近的森林里还有一些祭坛，罗马的保民官和百夫长就是在那里被处死的。幸存者们则叙述军官们在哪里战死，军团鹰旗又是在哪里被抢走的。"

据塔西佗所述，日尔曼尼库斯命人建造了一个坟丘，并亲自将第一块用来盖住坟丘的草皮放了上去。尽管这个建筑之后不久就被日耳曼人毁了，但考古学家们肯定可以找到它的痕迹的——然而，至今为止还未有发现。因此这八处尸骨坑穴和塔西佗所写的关于坟丘的故事并不能完全对应。还有另一个调查结果是违背这一描述的。土壤学家在上厄什——位于卡尔克里泽山谷的上方——的许多地点的土壤中提取了样品，并对此进行了分析研究。其碳酸盐含量如此之高，说明肯定有堆积如山的骨头曾在这里被风化剥蚀。日耳曼人将他们的死者安葬了。日尔曼尼库斯真的安葬了罗马士兵吗？还是说，考古学家们在卡尔克里泽发现了另外一场战役？

胜利，但没有胜利者

公元 15 年夏末，日尔曼尼库斯唯一一次在战斗中以他的军团战胜了阿米尼乌斯领导的日耳曼人。在那之后，日耳曼人每一次都避免直接对峙。接着，日尔曼尼库斯下令撤退，罗马军队再次分成三支。然而，凯基纳带领的步兵队遭遇了埋伏。他们匆忙地挖出一条壕沟，试图进行防卫。但还在挖壕沟时，他们就被突袭了，遭受了严重损失。这次突袭是在 PONTES LONGI（长桥）附近发生的——这指水堤路或木板路。实际上，人们在距离卡尔克里泽约十公里处发现了公元元年前后的木板路。因此，一些专家认为在卡尔克里泽的壕沟并不是日耳曼人建造的，而是凯基纳的防御壁垒。

公元 16 年夏，日尔曼尼库斯再次来到这片地区。这一次他带了约 50000 名军团士兵。他又一次远征讨伐舍鲁斯克人。阿米尼乌斯领导下的日耳曼人起初还是避免直接对峙。但他们最终在威悉河边打响了战役。日耳曼人遭受了重大损失，但是他们并没有完全被战胜。起初，日耳曼人似乎想要逃跑。但后来他们又重新投入到了战斗之中。这就是通常所说的"安格里瓦尔沃战役"。塔西佗对这场战役做了报道。其中，他详细描绘了一个堡垒，他说日耳曼人建造了一个堡垒，为了使树林和沼泽地之间的一个山谷变窄。而考古学家们在卡尔克里泽恰好发现了一个这样的情形。因此，一些学者们认为最后一场日尔曼尼库斯战役是在那里发生的。罗马人用不着完全打败日耳曼人也可以自己判定这场战役的结果。他们建立了一个胜利纪念碑，然后启程前往克桑滕的冬季营地——一部分军队再次乘船渡过了埃姆斯河和北海，他们遇到了风暴，并遭受了重大损失。这应该是从莱茵河右岸地区最后一次撤军了。因为皇帝提比略已经受够了。他拒绝资助日尔曼尼库斯进行再一次征战。塔西佗所说的"讨厌的沼泽之地"无法轻易被掌控。

在被囚禁期间，图斯内尔达生了一个儿子图梅利库斯。他们两人必须陪同日尔曼尼库斯一起去罗马。公元17年5月，这位将领凯旋来到罗马。将俘虏当作战利品进行展示是罗马人中十分常见的。罗马人尽管不能战胜阿米尼乌斯，但是至少国家头号敌人的妻子和儿子——图斯内尔达和图梅利库斯——都在他们的掌控之中。

日尔曼尼库斯的征战真的是一次成功的征战吗，就像罗马作家们——主要是塔西佗——所述的那样？根据现在的历史学家的估算，这些战役造成了20000到25000名罗马人死亡，几乎和瓦卢斯战役一样损失巨大。我们并不知道图斯内尔达和图梅利库斯后来遭遇了什么。他们与阿米尼乌斯重逢了吗？这位叛乱的伟大领袖并没有得到赞赏，也没有得到安宁。同年，马科曼尼人的国王马波德也对他发起了战役。尽管阿米尼乌斯在一次公开的战役中战胜了马克曼尼人，但是对于他自己的阵营来说，他的野心也慢慢变得很大。公元21年，阿米尼乌斯被族人谋杀了。塔西佗在他的《编年史》中将阿米尼乌斯称为"日耳曼尼亚的

日耳曼人的优秀形象是如何产生的

古代晚期，北部民族开始四处迁移。在地理上，他们不再属于"日耳曼尼亚"。当时，他们称自己为哥特人、法兰克人、阿勒曼尼人、汪达尔人，后来也有勃艮第人、萨克森人和图灵根人。10世纪，在东法兰克产生了第一个"德意志帝国"——但东法兰克人并不只将日耳曼人视作祖先，他们还强调与罗马人的共性：通过罗马的传奇建立者埃涅阿斯，他们是特洛伊人的直系后裔。埃涅阿斯的传说描绘了一幅与罗慕路斯和雷穆斯建罗马城不同的建城图景：特洛伊国王普里阿摩斯之子埃涅阿斯在特洛伊被占领后穿过希腊，渡过地中海，逃到了意大利。在中世纪，人们对日耳曼人完全不加重视——他们在历史中并不重要。这在16世纪和17世纪突然发生了改变。在这一时期，人们重新开始寻找历史中的榜样，寻找在高贵的自然状态中生活的人们。当塔西佗的《日耳曼尼亚志》被重新发现的时候，我们的日耳曼起源的传说就开始了，一个野蛮但纯洁的、没有在文明社会中变得堕落的民族形象产生了。人们在那遥远的时代中看到了一切他们所处的那个时代缺失的一切。

解放者"。他用的这个称号使得在一千多年后后阿米尼乌斯被奉为了民族英雄，并引发了一场狂热崇拜。

反对派的历史学家如今十分一致，阿米尼乌斯对抗罗马人的战役并不是民族起义。日耳曼人想摆脱罗马人，但他们这么做并不是为了团结起来成为一个像国家或是王国这样的大集体。日耳曼人并不怎么明白是什么将他们和邻族联系在了一起。他们看到的主要是将他们和邻族区分开来的东西——以及邻族身上他们不能忍受的东西。就像在阿米尼乌斯时代之前一样，日耳曼部族在阿米尼乌斯死后和罗马人撤军之后又互相打了起来。

卡尔克里泽的瓦卢斯战役战场发生了什么？我们记得，日耳曼人用一条壕沟将他们的壁垒进行了东西方向的延伸。研究者们检查了这些V型的壕沟：它们被巨大的石灰岩堵住了，另外下面还有动物骨头及小小的银片和青铜片。这里发生了什么？考古学家们推断，这些金属片肯定是在抢掠时掉入壕沟的。因为在战役后一段时间，日耳曼人显然将屠杀中死掉的动物尸体扔进了壕沟，接着用厚实的石灰岩将壕沟填满了。可能是为了防止他们自己的牲畜掉入这一陷阱中去，因为这片林中空地又重新被当作草地牧场使用了。就像字面上所说的，在战役几年之后，"野草漫账，掩盖了曾经发生的事"。

边界矫直

最终，提比略遵从了他的养父及前辈奥古斯都的建议，将他的军队完全从大日耳曼尼亚撤离出来。罗马军团再也没有踏上过莱茵河右岸的地区。再也没有？哎，还是存在着一些问题的。日耳曼军队常常在罗马行省的边缘地带进行劫掠。公元 70 年，位于福斯坦堡（克桑滕）的维提拉堡一号军营就这样被巴达维人袭击并摧毁了。为了稳固边界，提比略和他的后继者们必须将大批大批的士兵派往国家的北部边界。那里的边界不是根据莱茵河划分的，因此尤其急迫。800 千米长的边界将野蛮的日耳曼尼亚和罗马行省雷提亚及上日耳曼尼亚划分开来。这道边界看起来就像一个巨大的、由颤抖的手画出来的 V，而这个 V 的最底端点是黑森林和施瓦本汝拉山。提比略的后继者开始着手处理这个问题。这个 V 型的楔子通过罗马皇帝图拉真、哈德良和安东尼庇乌斯领导下的修改边界措施被一步一步地缩小了。公元 2 世纪末期，这一边界从原来的 800 千米缩短为不足 500 千米。同时，从莱茵河到多瑙河全段都建起了一道边界城墙，即上日耳曼尼亚-雷提亚界墙。这道界墙是什么样的呢？就像在给一个军营筑防御工事时一样，人们先挖出一道壕沟，再用挖出的土在后面堆起一道围墙。甚至在 1800 年后的今天，在地上还能看到很长的界墙的走向。随后，人们又在墙上设置了一道主要由木栅栏构成的防御设施。每隔 500 米左右就建有一个瞭望塔。距离取决于地形，因为每座塔要建在彼此的视线范围内,这样信号才能传递。我们不知道塔具体是什么样子。现在已知的是,它们并不是由木头建造的,而是由石头组成的,且至少有两层楼高。

1974 年,人们在巴特赫宁根重建了首座采用罗马石料的两层高的界墙塔。后来人们又建造了许多塔。但今天在界墙边的每一座瞭望塔都看起来不一样了。为什么呢?因为关于塔的知识在过去 35 年内变化很大。有一座塔肯定是完全造错了,在波尔海姆有一座只有一层的糟糕的瞭望塔。在那里,人们的视线几乎不能越过壁垒看到壁垒之外的东西。考古学家们在陶努斯山的高尔斯科夫高地发现了一块很宽阔的地基——所以他们在那里建造了一座三层的瞭望塔。在韦斯特林山的希尔赛德附近也有一座三层的瞭望塔。这座塔中有一座小型博物馆,且它被刷成了白色。我们目前已知的 55 座堡垒以及其保卫的聚居区就像一串项链上的

"世界文化遗产界墙"

它长达 500 千米,不仅包括了壕沟、瞭望塔,还包括了约 170 个大大小小的碉堡、聚居区和神殿,是欧洲中部最大的古代建筑。沿着这道壁垒,大段壕沟被修复了,一些地方被仔细重建了。因此,UNESCO(联合国教科文组织)将整个界墙列为世界文化遗产。参观者可以沿着"德国界墙大道"驾车、骑自行车或向军团兵一样步行参观这一整个建筑。

珍珠那样沿着古希腊罗马时期晚期与日耳曼尼亚的边界（莱茵河和界墙）排列开来。在界墙上，每隔几公里还有小型的堡垒，用以安顿哨兵队。

一个委员会确定界墙的走向

今天，在地图上看起来很简单，界墙是一道普通的、从莱茵河到多瑙河的防御工事。但这一认识是通过很久的研究工作才最后得出的。因为在18世纪和19世纪这一建筑只有一些残存碎片，栅栏的木头早已被风化，风雨已将壕沟和围墙夷平。塔和堡垒坍塌了，它们的墙石被运走去建造新的建筑。在19世纪，人们才逐渐对罗马的历史感兴趣起来。地方性的界墙协会建立起来了。1852年，"罗马帝国界墙研究委员会"成立了。对于军事设施的研究在1871年之后由德意志帝国严格地按军事化领导进行，由历史学家特奥多尔·蒙森领导的帝国委员会成立了。在两次界墙会议中（1890年和1892年），研究者们首次确定了界墙从莱茵河到多瑙河的走向。这可以说是第一个工作命题。然后挖掘工作就开始了，为了证实或是纠正这一走向，这一调查研究一直持续到1901年。到1937年，人们写了一篇又一篇关于这一挖掘工作的研究报告，共有14册。1945年之后，挖掘又重新开始了。特别是在近20年内，人们使用了地球物理学的测量方法等新方法，深化了挖掘工作。结果是，现在的考古学家们清楚地知道了界墙所在的位置。他们发掘并测量了900多座瞭望塔和170多座堡垒的地基。它们都出自公元1世纪到3世纪之间这段时期。

让我们来看看精确的走向。上日耳曼尼亚的界墙从莱茵河边的巴德赫宁根开始，先平行向东延伸到达美茵河，然后它呈一道弧线蜿蜒于陶努斯山的山脊上，高度上升到700米。在巴特洪堡附近，界墙靠着一片受到特别保护的山谷。罗马人在这里建立了一个堡垒，就是今天的萨堡。在18世纪中叶，人们就认为这个设施是"罗马人的要塞"。尽管如此，人们还是将它当作采石场进行了劫掠，就像许多其他罗马设施一样。直到后来，人们才开始研究并保护它，并从1900年开始重建它。今天，在堡垒内又有了司令部、粮仓和一座密特拉神庙。

在波尔海姆，界墙形成了一个环形，以便随后往下经过雷姆斯河边上的洛赫后再向南延伸。值得注意的是，从瓦尔杜恩开始的一段约80千米长的界墙都是笔直的。罗马人并不考虑山地和谷地。他们想要展示，我们的壁垒是不可克服的。界墙在往南约30千米处再次拐弯向东延伸，呈一条弧度微小的曲线靠近多瑙河。此外，在这一段界墙上还有一个在阿伦的巨大骑士堡垒。在约500千米之后，界墙在希恩海姆的多瑙河岸边结束了。在这里，河的两岸都设有堡垒进行监视。这就是罗马人为了建造一道严密的界线所做的努力。但是这道墙作用如何？墙这边和墙那边的人们如何生活？罗马人那一边怎么样？在莱茵河下游的罗马军营维提拉堡变成了什么？在维提拉堡一号被毁坏之后不久，罗马人就在山脚建起了维提拉堡二号军营。公元100年左右，罗马皇帝图拉真授予了这片聚居区城市权：科洛尼亚·乌尔比亚·特莱亚纳（COLONIA ULPIA TRAIANA），就是今天的克桑滕。

军事营地变成棋盘城市

公元2世纪，科洛尼亚·乌尔比亚·特莱亚纳。一位探

第八章 从复仇战到巨大的壕沟

访者从南面沿着宽阔的大道走近这座城市。他先穿过了在大道两侧的、向城市延伸的墓地。在这里,一个又一个墓碑下埋葬着去世的或是在战争中丧生的城市居民。大的坟墓用来缅怀将军、重要的殖民政治家和富裕的商人。相比之下,我们已熟知的马库斯·凯利乌斯的墓碑就显得朴素多了。此时,探访者的目光从墓碑上移开了,他看到了一道城墙,城墙上有着几扇多层城门的其中一扇。他可以看到的是,这座城市占地有 95 个足球场那么大,并被一道 3.4 千米长的城墙包围,城墙上共带有 22 幢塔楼。就像罗马行省中所有城市的建造过程一样,这座城市的平面图也遵循着网格布局原则,街道被铺设成长方形,由此产生相同的住宅区,即因苏拉。但出于安全原因,城墙延伸到了河岸。

因此在城市东南角形成了一片三角形区域：那里有一个圆形露天剧场。

  我们的探访者此时穿过了三扇大城门的其中一扇——如果他并不确切地知道他离罗马世界的中心有多远，现在他就可以问自己："等一等，我现在是在罗马还是在庞贝？"因为一切布局都很像在家乡。房屋临街的那一面设有拱廊——就是所谓的门廊，可以使行人在城市中行走时受到保护。尽管欧洲北部大部分时间不会像地中海区域那样有强烈的日照，但这里下雨更加频繁。拱廊下的人行道边有很多商店。商店中出售来自帝国各个地区的商品。后面是高大的罗马城市楼房，探访者经过入口来到第一个庭院，那里通常是祖庙。紧接着是接待室，后面是主庭院。在这里可能有着大理石桌子或喷泉，墙壁发出深红色和艳黄色的光。整个庭院被一条柱廊包围。柱廊连接着房间。富有的或是很有权势的罗马人的城市别墅甚至有两个前庭、两个内庭和两个可供暖的浴池。所有的建筑都至少有一部分是用凝灰岩建成的。这些凝灰岩是从在艾弗尔山的采石场辛苦运来的。整个中世纪都有人来到这里，把这些贵重的建筑材料再次运走。

  探访者沿着城市房屋边的拱廊过道行走，最终来到了中心。两条主街道在这里交汇，在城市中心形成了两个因苏拉：集会会场和教堂。

  集会会场是一片由回廊包围的广场，形成了这片居民区的政治和文化中心。人们在这里集会。他们在紧邻的多厅会堂中举行政治集会并进行判决。宗教中心则是教堂。在一片改建后的大广场中心矗立着一座庄严宏伟的神庙，被巨大的大理石柱包围。它还有一个小兄弟，即港口神庙。

大部分商人通过水路来到克桑滕。当他们的船只在莱茵河码头停靠之后，他们就通过东门进入这座城市，来到港口神庙面前。他们在那里祭神，感谢神明保佑他们平安到达。这座城市包含着罗马文化的一切——舒适的房屋、来自所有国家的商品、浴池、神庙、戏剧演出场地和角斗士比赛。而紧邻的日耳曼人——这个被罗马人从他们的土地上驱逐出来的民族的生活是什么样的呢？

喜欢金银的野蛮人

罗马人轻蔑地将莱茵河和界墙以东的日耳曼尼亚称为"BARBARICUM"。罗马作家们将它描述为完全野蛮的地方：被潮湿、浓密的森林覆盖，住着原始野蛮的人。他们想要以此说明，征服这片土地无论如何都是不值得的。现在的研究者对此怎么说呢？实际上，在日耳曼尼亚的人的天性又倒退回去了。罗马人从事精耕细作的农业，而日耳曼人放弃了大片田地。主要食物来源是自由放养的猪、马和牛，另外还有渔猎以及采集野生水果与蜂蜜。他们在林中空地种植粮食，用来酿造喜爱的啤酒。但罗马人和日耳曼人的食谱上都有燕麦粥和用大麦做的面包。罗马人沿着利珀河建造的道路并没有被使用和维护。被踩

"克桑滕考古公园"

对于想在德国参观、踏足、触摸大型罗马建筑的人，"克桑滕考古公园"是一个好选择。这里并不仅仅重建了大竞技场。今天，人们可以从克桑滕那座小一点儿的神庙看出，一座罗马神庙是什么样的。港口神庙被部分重建了。在它的西南角，柱子还是原始大小。它们支撑着一部分神庙的屋顶。整个新建筑看起来就像是悬浮在神庙的原始基础上。邻近的港口旅店也被修缮了。两层楼的房间中的家具配备和墙面装饰也是复制而来的。附属的带着热水池的浴场甚至可以进行加热。这样，来访者就可以想象克桑滕的公民们是如何在那里保养自己的了。重建的神庙、竞技场和部分城墙——难怪克桑滕这么受参观者喜爱。

出来的小径又渐渐地形成了。

等一等——也就是说，日耳曼人又回到贫穷和无知的状态了吗？不是的，考古学家们发现了形形色色的产自公元2世纪和3世纪的日耳曼尼亚的奢侈品。他们在日耳曼尼亚统治者阶级的墓中，如"戈门陵墓"中，就发现了银制和铜制的罗马器皿、玻璃制品和陶瓷制品、装饰品以及银币和金币。另外，这个时候的日耳曼人还将许多很贵重的祭品沉到了他们神圣的沼泽地里，其中有铜制和铁制的武器装备、用青铜和银所制的首饰以及大量罗马铜币、银币和金币。这一切都是从哪里来的呢？来自罗马人和日耳曼人之间的交易。界墙虽然阻挡了日耳曼部落战士来罗马行省进行短暂的袭击打劫，但它并不是不可跨越的界线。界墙明确地标示出了罗马大帝国的边界，但人口、贸易和思想还是可以通过它双向流通的。罗马军队从日耳曼尼亚撤了回来，但罗马、凯尔特和日耳曼的商人们（有着罗马公民权的）却重新发现了日耳曼尼亚。

日耳曼人可以向罗马人提供什么来换回首饰、武器和金币呢？他们拿农产品、牲畜和兽皮、铁矿石、铅和琥珀、动物毛和金色的女人头发来交换；罗马社会中的贵妇们对于金色的女人头发需求极大。"野蛮的日耳曼尼亚"还可以提供一种热门出口产品：为罗马军队提供健壮善战的男人。即使在罗马人被驱逐出这片土地之后，在罗马军队服役这件事在日耳曼尼亚也不算耻辱。相反的是，成为罗马的雇佣兵变得越来越受欢迎。考古学家们至今为止在墓中发现的出自公元3世纪到5世纪的上百件军用腰带配件就证明了这一点。这些并不是掠夺品，而是藏有这些配件的墓的主人应得的。

这些出土物向研究者们传达了关于大部分日耳曼雇佣兵在罗马军队内服役期结束后的去向的重要信息，还记录了

第八章 从复仇战到巨大的壕沟

终于:像在罗马人电影中的士兵

一个公元 250 年左右的典型罗马士兵看起来真的就像我们想象的那样:他穿着胸甲,戴着头盔,穿着一件束腰内长袍(一件由两部分缝制而成的衣服)和一件披肩(用一块方形的布做的短肩部披风),拿着一支长矛。

当时的日耳曼聚居区所在位置。显然有越来越多从前的雇佣兵获得了罗马帝国境内的居住权。这样的话,界墙也就迅速失去了它的作用。但完整的界墙本来也并没有存在很久——可能是 50 年,但也有可能只是 40 或 30 年。我们并不知道它建成的具体时间,以及最初的几段界墙又重新被放弃的确切时间。

界墙到底有没有过完完整整地发挥作用的时候?这一点我们并不知道。但一条新发现的痕迹让我们再次深入到了当时野蛮的日耳曼尼亚中。

这是 2000 年的某个时刻发生的。寻宝者们在哈尔茨山西部的一个小山丘哈尔茨合恩寻找一个中世纪城堡的遗址。他们用他们的金属探测器找到了大量物品,其中有一种铁制的烛台。他们并没有将它交给主管机构,而是把它当成战利品放在家里进行展示。来拜访的人络绎不绝,其中也有其他的寻宝者。他们对这个"烛台"十分惊奇和羡慕。

直到 8 年后,一位对罗马文化有所了解的客人仔细观察之后才纠正了这个错误:"这并不是烛台,而是一个罗马的马蹄铁,一个用于保护马蹄的东西。"

罗马的军用器具出现在如此遥远的东部是十分罕见的——现在,这个发现物对于发现者们来说却变得太过于烫手了。2008 年夏天,他们将这个"案件"移交给了主管的专区考古学家佩特拉·乐那。她迅速采取了行动,因为很久以来在寻宝者之间就流传着一条建议:哈尔茨合恩!

这位考古学家和她在州立文物保护局的同事们决定,用他们自己的武器打击寻宝者。因为在不伦瑞克的同事已经与可靠的探测员共事了较长一段时间,她就请求他们与她一起工作。2008 年 8 月的最后一个周末,一支队伍用 11 个金属探测器搜遍了哈尔茨合恩的陡坡。他们很快发现了分散四处的金属出土物。这只能推断出唯一一个结论，这里未曾有过军营，而是发生过一场战役。出土物本身就证明了，罗马人曾来过这里！

在接下来的几个星期中，考古学家们将这片区域划分为小格子，志愿者用手在这片地区进行搜寻。因为像凉鞋钉这样的小金属部件是探测器检测不到的。他们用这种方式发掘出约600件物品，并记录了发掘地。夜间，志愿者们还在现场站岗放哨。当调查随着冬天到来而结束的时候，考古学家们进行了一次记者招待会。关于"哈尔茨合恩战役"的消息传遍了全世界。

这一消息引起了轰动，这主要是因为这一战役的时间点十分不同寻常。因为在第一批出土物中就已经出现了一枚上面有着皇帝康茂德图像的、被磨损了的硬币。他于公元180年到192年在位——因此，战役是在这之后发生的。那时，据说罗马人是老实地待在他们的界墙之后的！

2009年春天，对于战场的调查开始继续进行。考古学家们渐渐地发掘出2500余件物品。其中主要是凉鞋钉，但也有箭头和矛头。2010年出土了一件重达2.5千克的铁制錾斧；在这把先锋斧上刻着"LEG III SA"。这谜一样的铭文其实是第四军团Flavia Severiana Alexandriana的缩写。这是一个战斗力很强的军团，于公元3世纪驻扎在辛吉杜努姆（今天塞尔维亚的贝尔格莱德）。一个矛头上的木头残余物和一头驼畜的骨头也可以用放射性碳定年法定位到公元200年到240年之间。

但是是谁最后赢得了这场战役的胜利呢？

日耳曼人再一次将罗马人引诱到了一个埋伏中，这埋伏地点又是一个天然的隘口：东边的哈尔茨山脉和西边的哈尔茨合恩构成了屏障，中间300米宽的低地有一部分是泥沼。日耳曼人在哈尔茨合恩的陡坡上筑了防御工事。但这次的冲突有一个不同的发展走向，罗马人并没有被吓得抱头鼠窜。不，他们装备着矛、盾牌和剑的军团士兵和后备军首先试图对这个斜坡进行冲锋——但是被日耳曼人击退了。考古学家们在斜坡上找到了罗马人武器和装备的金属残余物作为证据。

"当进攻失败的时候，他们就从远处射击日耳曼人"，考古学家米歇埃尔·格胥温德这么解释道。这次射击自有它的道理，在罗马军团兵那一边还有叙利亚的弓箭手、美索不达米亚的装甲骑兵和一支厉害的投射武器部队一同作战，后者装备有小型手弩和大型石弩。投射武器射击为罗马人赢得了必要的余地，用以进行躲避以及从西侧开始第二次冲锋。但他们在那里也主要是用远距离武器进行战斗——这一次，罗马专家们没有给野蛮的日耳曼人任何用战斧进行近战的机会。

很快战场就铺满了因被石弩射弹、箭和长矛击中而死去或重伤的日耳曼人。

在战役之后，罗马人放弃了彻底搜查战场，而是重新进行列队，向着界墙方向撤离了部队。遗留下来的装备仍旧躺在原地，像士兵们的皮凉鞋这样的东西也许就随着时间被自然分解了，而像钉子这样的金属制品则留存到了1800年之后。

考古发现大体就是这样了。但我们的历史学家对此怎么说呢？他查阅了历史原始资料，并极其肯定地点头：那是罗马皇帝马克西米努斯·色雷克斯（于公元235年至238年在位）。他的军团于公元235年对日耳曼人进行了一次惩罚性远征，因为日耳曼人在两年前洗劫了罗马的行省。但是历史学家和考古学家都不能解释的是，罗马人为何冒着漫长进军和撤退路上的各种风险，深入到日耳曼尼亚的内地进行这次惩罚性远征呢？我们可以看到，每一个已经被回答的问题会引出一个新的问题。正因为如此，过去才如此引人入胜！但无论如何，这样的惩罚性远征都是个例，因为罗马人对日耳曼尼亚已经兴趣全无了。

公元250年左右，驻扎边界的罗马军队已经明显减少了。最终随着罗马统治者们于公元260年放弃莱茵河右岸的地区，界墙也最终到达了其终点。但人们并不知道，这一终点是否是逐渐来临的，还是因为阿勒曼尼人的进攻而突然发生的。不管怎样，阿勒曼尼人接管了一部分罗马聚居区。或许，甚至还有罗马人留在界墙聚居区，并和阿勒曼尼人一共生活。

罗马人在瓦卢斯战役之后对开阔的日耳曼尼亚的无知导致了他们无法正确地估计正在逐渐变大的危险。罗马人越来越少地去应对来自日耳曼部族的压力——主要是莱茵河下游的法兰克人和在上日耳曼尼亚和雷提亚的阿勒曼尼人。4世纪时，阿勒曼尼人能够在莱茵河左岸进行大的掳掠行动。出土的大量宝藏证明了这一点。野蛮的日耳曼尼亚成了所谓的民族大迁移（公元375年至568年）的摇篮。当"野蛮"部族向着南方迁移的时候，罗马人根本没有应对的法子。他们被一举突破。罗马人最终尝到了他们当初种下的恶果。

终 章

瓦卢斯战役之谜已经解开了吗?

在本章节中,
我们将再次提问:
还有可能存在着另一场战役吗?

在我们漫长叙述的最后,提出决定性问题的时刻到来了:瓦卢斯战役之谜真的解决了吗?卡尔克里泽山的山谷就是总督瓦卢斯带领的罗马军团被造反的日耳曼人最终击败的地方吗?在我们试图给出一个答案之前,我们想再听听双方陈述他们的观点。

带着批判性的历史学家踏上证人席

首先,在卡尔克里泽肯定发生过一场大型战役——我们批评家完全不否认这一点。但是,它是哪一场战役呢?在公元前12年到公元16年间,这一地区发生过数次战役:统帅德鲁苏斯带着他的军团多次经过这里;他的后继者提比略在公元4年和5年间深入探索了这片区域;在瓦卢斯战役之后,日尔曼尼库斯在公元14年到16年间在此地至少进行了三次战役。尽管对于卡尔克里泽周围的研究已经进行了20年,考古学家们至今也没有找到第17、18和19军团在这里覆灭的明确证明。

有许多支持这一说法的要点——证据。但也有很多矛盾之处，古代作家们对于战役地理位置的描述与卡尔克里泽地区不相符合。塔西佗明确指出是在利珀河和埃姆斯河之间的地区。卡尔克里泽在这一地区以北 50 多千米处。至少得找到罗马行军军营才能证明这一偏离的正确性。它们可以证明，一支有着 20000 人的罗马军队曾向卡尔克里泽方向行军。日尔曼尼库斯在战役 6 年之后埋葬那些在瓦卢斯战役中死去的人的坟山也还没有被找到。尽管它又被日耳曼人摧毁了，但肯定是能够找到足够的痕迹的。让我们讲讲主要论点，尽管找到的所有钱币都出自公元 9 年之前，但钱币研究者说，这些钱币在士兵们之间流传开来还需要一些时间。因此，找到这么多印有瓦卢斯印记的"新"硬币很奇怪。

　　因此，所有这些表明，卡尔克里泽的出土物作为后来日尔曼尼库斯领导下的战役的证明更有说服力。比如公元 15 年秋天阿米尼乌斯和凯基纳之间的战役，当时凯基纳领导下的步兵队在撤退途中经过埃姆斯河附近。由于他们正被追踪，他们想要建起一道壁垒进行防御。但当他们还在建筑工事的时候，他们就被袭击了。这次袭击发生在 PONTES LONGI 不远处——即实际上在距离卡尔克里泽约 10 千米处发现的水堤路或木板路。或比如一年之后的安格里瓦尔沃战役。当罗马人被引诱到一个埋伏地点中时，他们在撤退时再一次到了埃姆斯河附近。塔西佗据此详细地描写了日耳曼人为使树林和沼泽之间的山谷变窄而修建的一座堡垒。对这两场战役都适用的是，它们都有可能发生在卡尔克里泽。只要在那里没有发掘出任何上面带有第 17、18 或 19 军团铭文的物品，"瓦卢斯战役在卡尔克里泽发生"这一观点就一直会是一种假说。它只是建立在间接依据的基础上的，而不是根据不可辩驳的证据而提出的。

深信不疑的考古学家踏上证人席

如果有一个直接的证据，那自然是极好的。比如，一个第 17、18 或 19 军团的军团标志。这几个军团编号在瓦卢斯战役之后就没有再被转授了。但找到这样的出土物是不可能的，因为日耳曼人肯定带走了这些罗马权力的象征物，并将它们供奉在他们的祭坛上，或献祭于他们神圣的沼泽地中。古代作家弗罗鲁斯也对此做了相关报道："野蛮人们至今还占有着军团标志和两面军团鹰旗。"但在现场的同事们在下一次挖掘运动中也可能就挖出一件带有三个军团的铭文的物品。比如，像马库斯·爱厄斯的锁子甲扣子那样的一个锁子甲扣子。它们的不同之处在于，物主在上面刻上了他的军团编号，而不是他的百夫长的名字。

而考古学家们在卡尔克里泽发现的是曾经发生过的绵延近 20 千米的战斗。这不是一会次要战役发生地，而是一场重要的战役在这里决出了胜负。因为在这个区域里，考古学家们在很多地点都挖掘出了武器和装备的残余物、马具和骡子用具以及大量非军事器具。此外，考古学家们还发现了八个有着人骨和动物骨头的洞穴。但最主要的是，他们还发现了数以百计的罗马金银铜币，这些金银币是罗马军官和骑兵们丢失的，特别是在向西的两条逃亡路线上丢失的。好些硬币上面带有瓦卢斯的印记——VAR。这一印记最早可能在公元 7 年瓦卢斯在日耳曼尼亚任职时出现在硬币上。

虽然卡尔克里泽的地理位置与古罗马时期的作者们描

述的地形和战役地点并不完全相符,但是他们对此的了解来自二手或者三手资料。这些了解是有成见且自相矛盾的。因此,人们不能完全相信它们。它们一致的核心观点是,瓦卢斯带着他的军团在舍鲁斯克人领地的一个军营度过了夏天,在前往冬季军营的路上,他们偏离了路线,企图镇压一场起义。他们在艰险的地带遭遇了埋伏,只有极少的士兵从中逃脱。而所有的证据都证明,这一事件发生在卡尔克里泽。

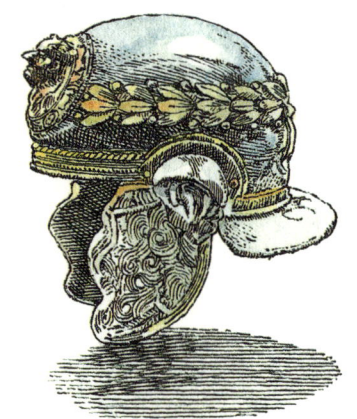

结论:确实发生了一场战役——但是是哪一场呢?

我们得到了哪些结论呢?公元元年前后,这里肯定发生过一场罗马人与日耳曼人之间的战役。但是,它是那场具有决定性的战役吗?或者说,曾有过好几场战役?在卡尔克里泽附近发生的可能是初期或者中期的一场战役,但并不是阿米尼乌斯与瓦卢斯军队之间决定一切的那一场?又或者,这里发生的是德鲁苏斯或提比略征战时所打的战役之一?又或者是直到日尔曼尼库斯或他的将领之一于公元14年到16年间才在这里与日耳曼人进行的一场苦战?

我从事考古挖掘方面的写作已有25年。实际上,我对于自己的论点和判断一直十分谨慎。但随着我对卡尔克里泽出土物的研究越来越深入,我就越来越确信:是的,就是在那里发生的!阿米尼乌斯带领下的日耳曼人在那里伏击了瓦卢斯的军团。这里发生的可能并不是最终战斗,但一定是一场极其关键的战斗。但考古学的历史一直表明:到了明天,可能一切就都变样了!因为一直会有新的出土物出现。比如，在过去几年中，人们发现了许多罗马人在埃姆斯河边的痕迹。谁知道由此会产生什么新的认识呢？但最主要的是，托尼·科伦在卡尔克里泽的发现就恰恰说明了事物变化之迅速。

瓦卢斯的夏季军营不久前被发现了吗？

眼下以瓦卢斯夏季军营为例就可以说明，每个出土物能够多么迅速地为围绕瓦卢斯战役的整个讨论注入新的活力。

几年来，业余考古学家们一再指出，在威悉河边的明登与哈默尔恩之间有一些迹象表明曾存在过一个罗马军营，例如罗马钱币出土物和航拍图上巨大的矩形地面结构。

但专区机构和州立机构的考古学家们对此表现得十分冷淡——直到2008年7月。威悉河边明登附近的波尔塔韦斯特法利卡的一个名叫巴克豪森的城区中最近建起了一个新小区。下萨克森州立文物保护局的四位志愿者用金属探测器检测了挖土机挖出的土方，很快就有了发现。在他们挖出了钱币、一个衣襟别针和凉鞋钉子之后，他们进行了一次小的挖掘，并发掘出了一个圆形石磨的巨大碎块。这种中间有一个洞的圆形石磨只有罗马人使用。另外，这一地区也明确适合作为瓦卢斯夏季营地的可能地点。虽然发掘地离威悉河岸较远，但它占据了一块易于防御的山坡平地，并能为一个可能至少有16公顷大的罗马军营提供足够的空间。

这里已经有了很多新房子。考古学家们必须加快速度，因为在现在的发掘地上也要尽快开始建盖房屋了。因此，在接下来几年中，他们与地产开发商们紧密协作，调查了这片建筑区域和邻近的地区。他们的结论是，对于这样一个军队驻扎时间很长的夏季军营,却没有找到任何相关建筑。但23个罗马野外烤炉、大量钱币和装备都表明了,这一发掘地就是罗马人使用过多次的典型行军营地。

考古学家们的痕迹搜寻还在继续,最后一个不确定之处仍旧存在……我本人能够接受瓦卢斯战役之谜一直尚未完全解决,以及在最近可能也无法解决这一事实。这就说明了,即使在我们的科学时代也有难以找到答案的问题。如果所有问题都被解答了,那也完全不是一件好事。因为这样的话,人类对此就再也不会感兴趣了。事情全被做完了。但是对于谜题和秘密,我们仍会像着魔一般被深深吸引。

沿着瓦卢斯战役的线索阅读

托尼·科伦:《寻找消失的军团》
布拉姆舍,1998

科伦不仅详细讲述了他的发现,还从虚构的罗马人和日耳曼人的视角描述了瓦卢斯战役时发生的事。

马克斯·容克尔曼:《奥古斯都的军团》
这本该著名学者关于罗马军事的著作的第 15 次修订和扩展版,慕尼黑,2014

穿着罗马凉鞋,带着沉重的背包该如何行军?容克尔曼和他的团队做了大量实验并横跨了一次阿尔卑斯山来研究关于罗马士兵生活的这个问题和其他许多问题。

恩斯特·昆泽:《日耳曼人——来自北方的神秘民族》
达姆施塔特,2008

日耳曼人在这里被描述为一个与罗马对抗并宣告了罗马帝国灭亡的民族。昆泽研究日耳曼人是谁、他们怎么生活、他们相信什么以及他们给我们留下了什么等问题,并用大量插图形象地表现他的阐述。

鲁兹·瓦尔特:《瓦卢斯,瓦卢斯!关于条顿堡森林战役的古希腊罗马文献》
斯图加特,2008

在这一双语版本中汇集了古希腊罗马作家们用希腊语及拉丁语和德语写成的所有关于瓦卢斯战役的重要文献。

赖纳·威格尔:《瓦卢斯战役,历史转折点?》
达姆施塔特,2007

威格尔将瓦卢斯战役放到了罗马 – 日耳曼关系的历史背景中,并描写了罗马聚居区中的生活以及钱币、武器等出土物。

终　章　瓦卢斯战役之谜已经解开了吗？

沿着瓦卢斯战役的线索旅行

主营地：克桑滕

尽管科洛尼亚·乌尔比亚·特莱亚纳城中的一大部分都是瓦卢斯战役之后重建的，人们在克桑滕考古公园中既能享受这片地区的极好环境，也能看到这一地带的早期罗马军营的各个地点和模型。

但这座全德国最大的罗马人露天博物馆主要以它精确重建的庙宇、剧院和部分城墙给人们提供了用眼睛和耳朵、用手和脚来体验居住在日耳曼行省中的罗马人生活的唯一机会。

www.apx.lvr.de

夏季营地：哈尔滕

今天的哈尔滕罗马博物馆就建在罗马军队的夏季营地 Aliso 被发掘出来的地方。这座玻璃楼房提供在原始环境中了解一个来自奥古斯都大帝时期的罗马军营的超棒机会。

www.lwl-roemermuseum-haltern.de

战役地点：卡尔克里泽

奥斯纳布吕克瓦卢斯战役考古公园 / 卡尔克里泽博物馆公园不仅包含了博物馆以及能够俯瞰向公众开放的发掘地的观景塔。此外，那里还定期举行展览和独一无二的活动以及对瓦卢斯战役关键性时刻的回溯。

www.kalkriese-varusschlacht.de

战役地点：哈尔茨合恩

在瓦卢斯战役过了约 200 年后，罗马军团再次与日耳曼尼亚军队相遇。人们在这片原始地点的导览时可以了解到那时用了什么样的武器、是什么将罗马军团驱赶到了北边以及为什么他们与日耳曼人打了起来等问题。

www.roemerschlachtamharzhorn.de